LES ARCANES DU "MIDI-MINUIT"

TOME 5 : L'AFFAIRE SYLVAK

Scénario

Jean-Charles GAUDIN

Dessin

Cyril TRICHET

Couleurs

Angélique CÉSANO

Soleil

Des mêmes auteurs

Chez Soleil

Les Arcanes du « Midi-Minuit »
Tome 1 : L'Affaire du Nalta P312
Tome 2 : L'Affaire de la ligne 11
Tome 3 : L'Affaire « Collossos »
Tome 4 : L'Affaire du Ougan

De Gaudin
Chez Soleil

Le Feul
Dessin de Peynet
Tome 1 : Valnes

Galfalek
Dessin de Biancarelli
4 tomes parus

Garous
Dessin de D'Fali
4 tomes parus

Kookaburra Universe
Dessin de Briones
Tome 4 : Skullface

Marlysa
Dessin de Danard
6 tomes parus

L'Ombre du Cinéphage
Dessin de Gnoni
2 tomes parus

Les Princes d'Arclan
Dessin de Sieurac
3 tomes parus

Soleil Productions
15, Bd de Strasbourg
83000 Toulon - France

Bureaux parisiens
25, rue Titon - 75011 Paris - France

Conception et réalisation graphique : Studio Soleil

Dépôt légal : Octobre 2006 - ISBN : 2 - 84946 - 500 - 3
Première édition

Impression : Lesaffre - Tournai - Belgique

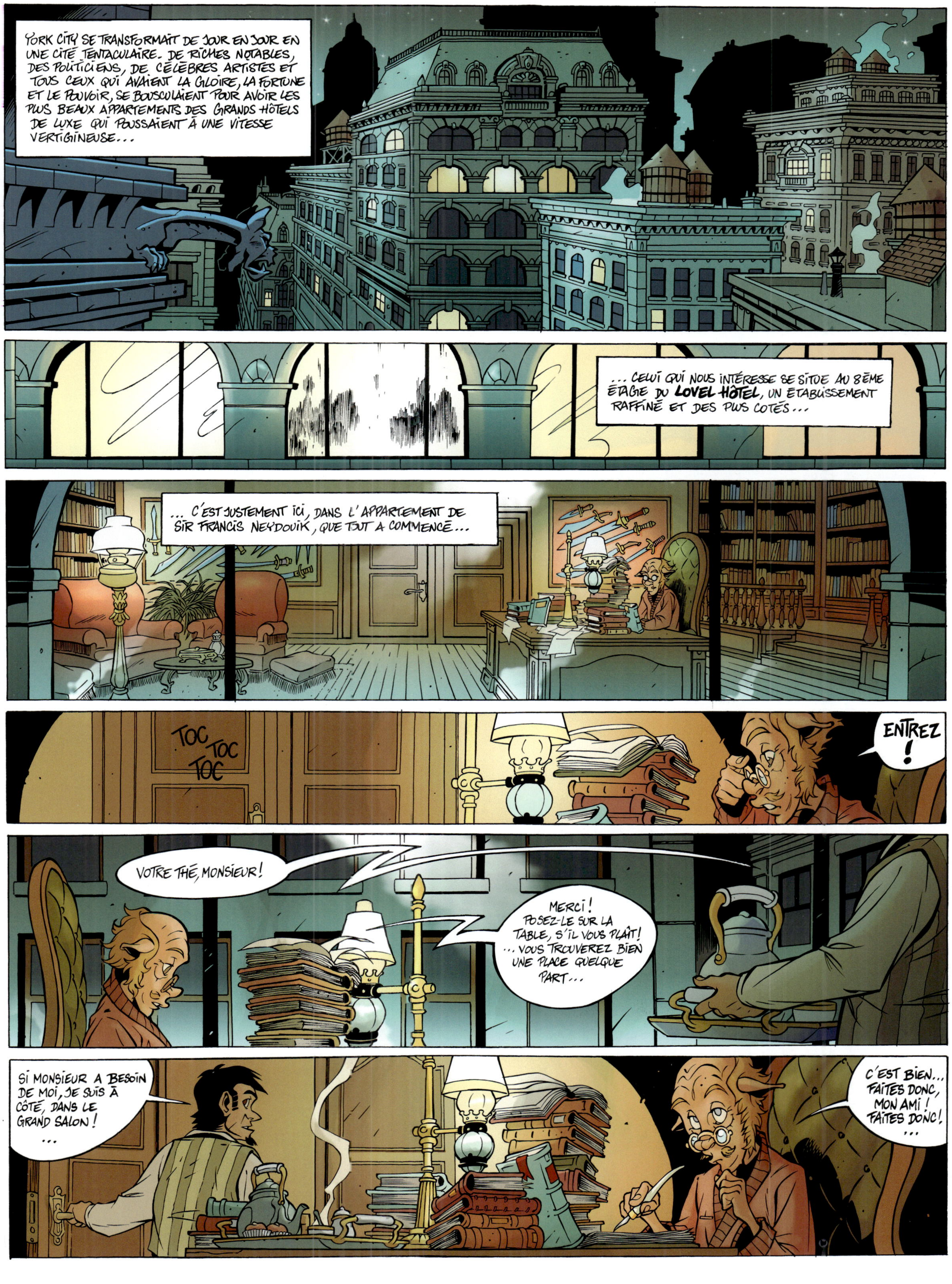
York City se transformait de jour en jour en une cité tentaculaire. De riches notables, des politiciens, de célèbres artistes et tous ceux qui avaient la gloire, la fortune et le pouvoir, se bousculaient pour avoir les plus beaux appartements des grands hôtels de luxe qui poussaient à une vitesse vertigineuse...
... Celui qui nous intéresse se situe au 8ème étage du LOVEL HÔTEL, un établissement raffiné et des plus cotés...
... C'est justement ici, dans l'appartement de Sir Francis Neydouik, que tout a commencé...
TOC TOC TOC
ENTREZ !
Votre thé, monsieur !
Merci ! Posez-le sur la table, s'il vous plaît ! ... Vous trouverez bien une place quelque part...
Si monsieur a besoin de moi, je suis à côté, dans le grand salon ! ...
C'est bien... Faites donc, mon ami ! Faites donc ! ...

TOMP
MONSIEUR ? TOUT VA BIEN ?
TOC TOC TOC
MONSIEUR ? ...
... JE ME PERMETS D'ENTRER, MONSIEUR...
OH, SEIGNEUR !
CHTOMP

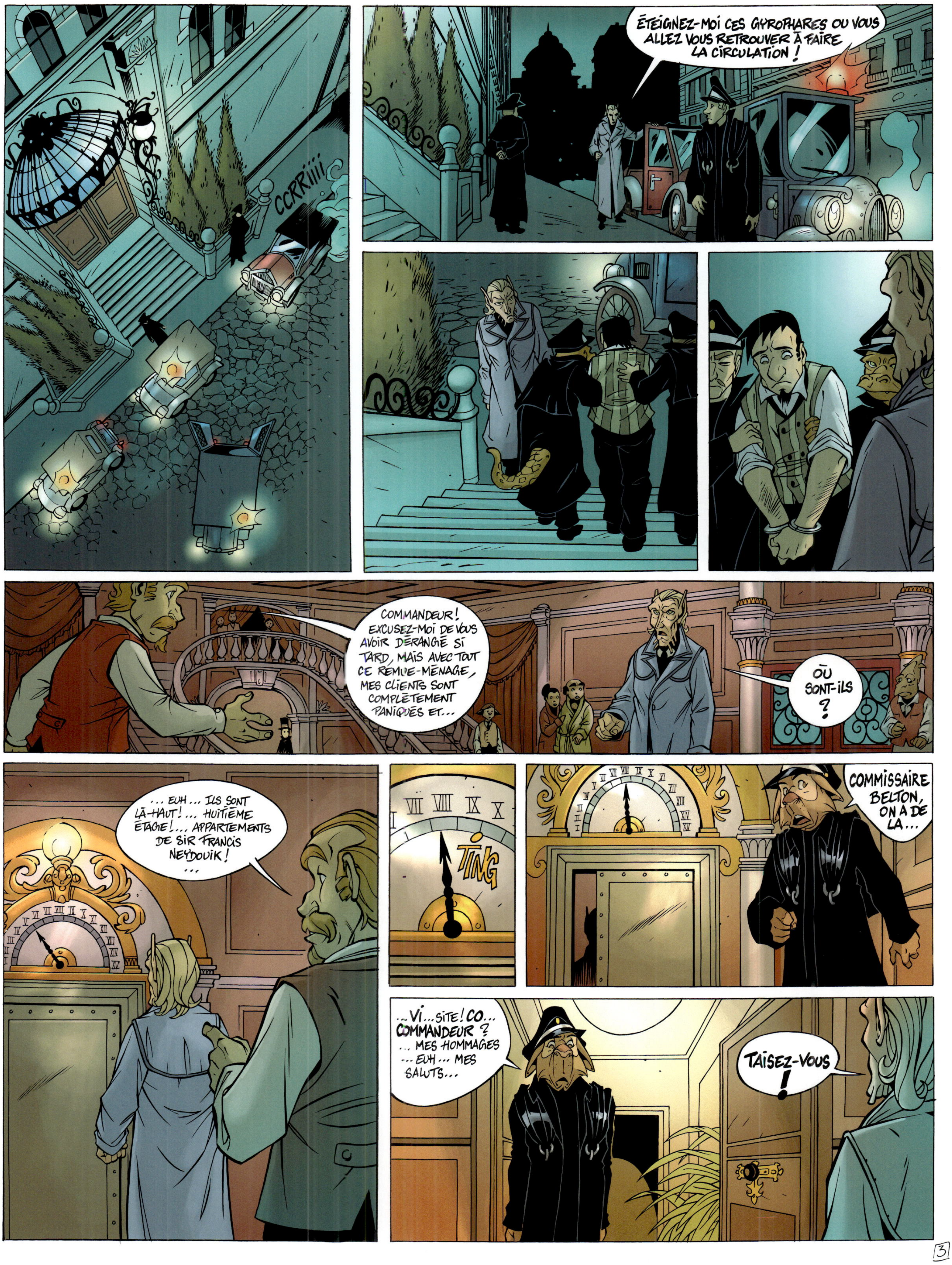

CCRRiiii
ÉTEIGNEZ-MOI CES GYROPHARES OU VOUS ALLEZ VOUS RETROUVER À FAIRE LA CIRCULATION !
COMMANDEUR ! EXCUSEZ-MOI DE VOUS AVOIR DÉRANGÉ SI TARD, MAIS AVEC TOUT CE REMUE-MÉNAGE, MES CLIENTS SONT COMPLÈTEMENT PANIQUÉS ET...
OÙ SONT-ILS ?
... EUH ... ILS SONT LÀ-HAUT ! ... HUITIÈME ÉTAGE ! ... APPARTEMENTS DE SIR FRANCIS NEYDOUIK ! ...
TING
COMMISSAIRE BELTON, ON A DE LA...
... VI... SITE ! CO... COMMANDEUR ? ... MES HOMMAGES ... EUH ... MES SALUTS...
TAISEZ-VOUS !
3

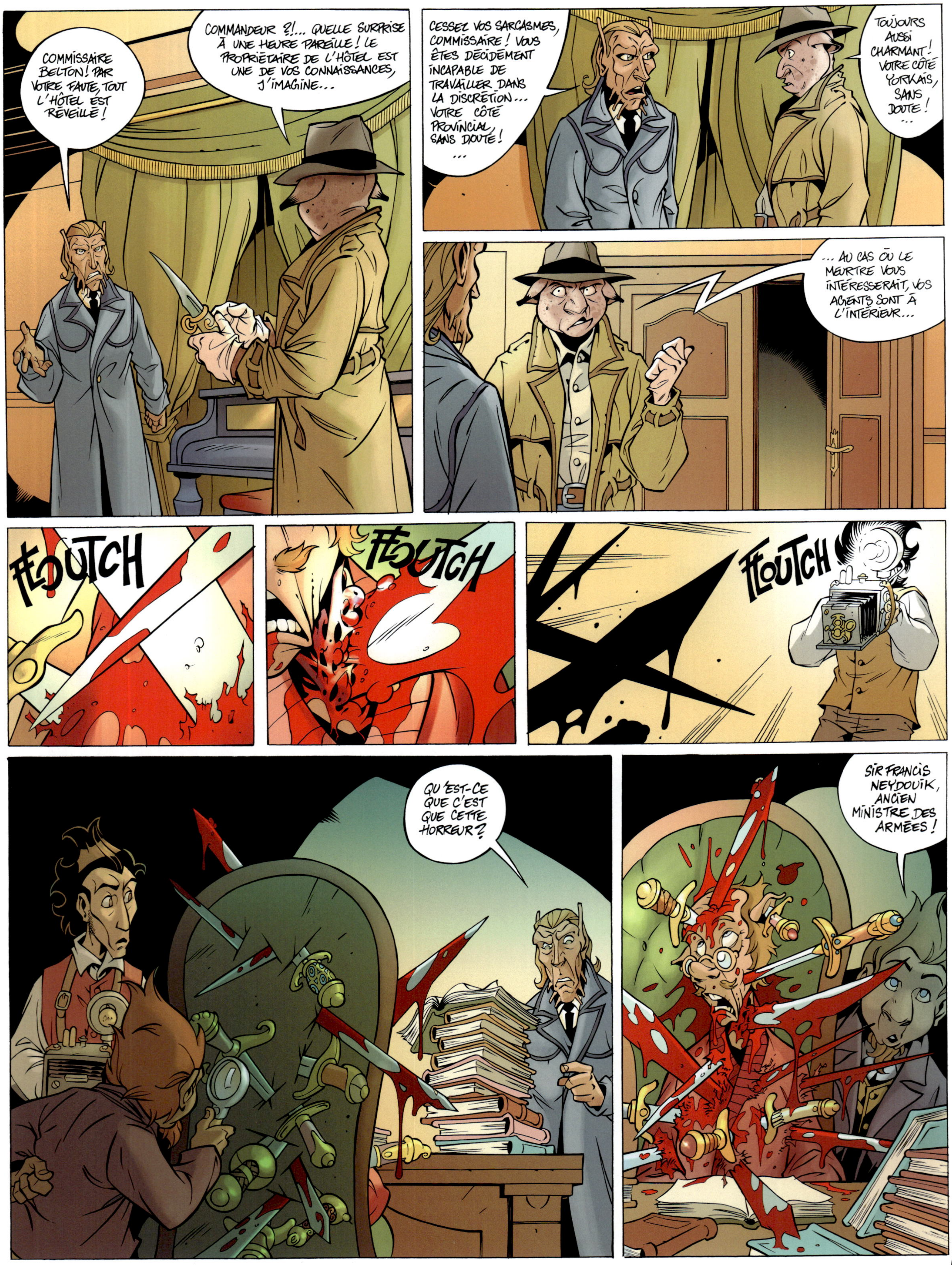
COMMISSAIRE BELTON ! PAR VOTRE FAUTE, TOUT L'HÔTEL EST RÉVEILLÉ !
COMMANDEUR ?!... QUELLE SURPRISE À UNE HEURE PAREILLE ! LE PROPRIÉTAIRE DE L'HÔTEL EST UNE DE VOS CONNAISSANCES, J'IMAGINE...
CESSEZ VOS SARCASMES, COMMISSAIRE ! VOUS ÊTES DÉCIDÉMENT INCAPABLE DE TRAVAILLER DANS LA DISCRÉTION... VOTRE CÔTÉ PROVINCIAL, SANS DOUTE ! ...
TOUJOURS AUSSI CHARMANT ! VOTRE CÔTÉ YORKAIS, SANS DOUTE ! ...
... AU CAS OÙ LE MEURTRE VOUS INTÉRESSERAIT, VOS AGENTS SONT À L'INTÉRIEUR...
FLOUTCH
FLOUTCH
FLOUTCH
QU'EST-CE QUE C'EST QUE CETTE HORREUR ?
SIR FRANCIS NEYDOUIK, ANCIEN MINISTRE DES ARMÉES !

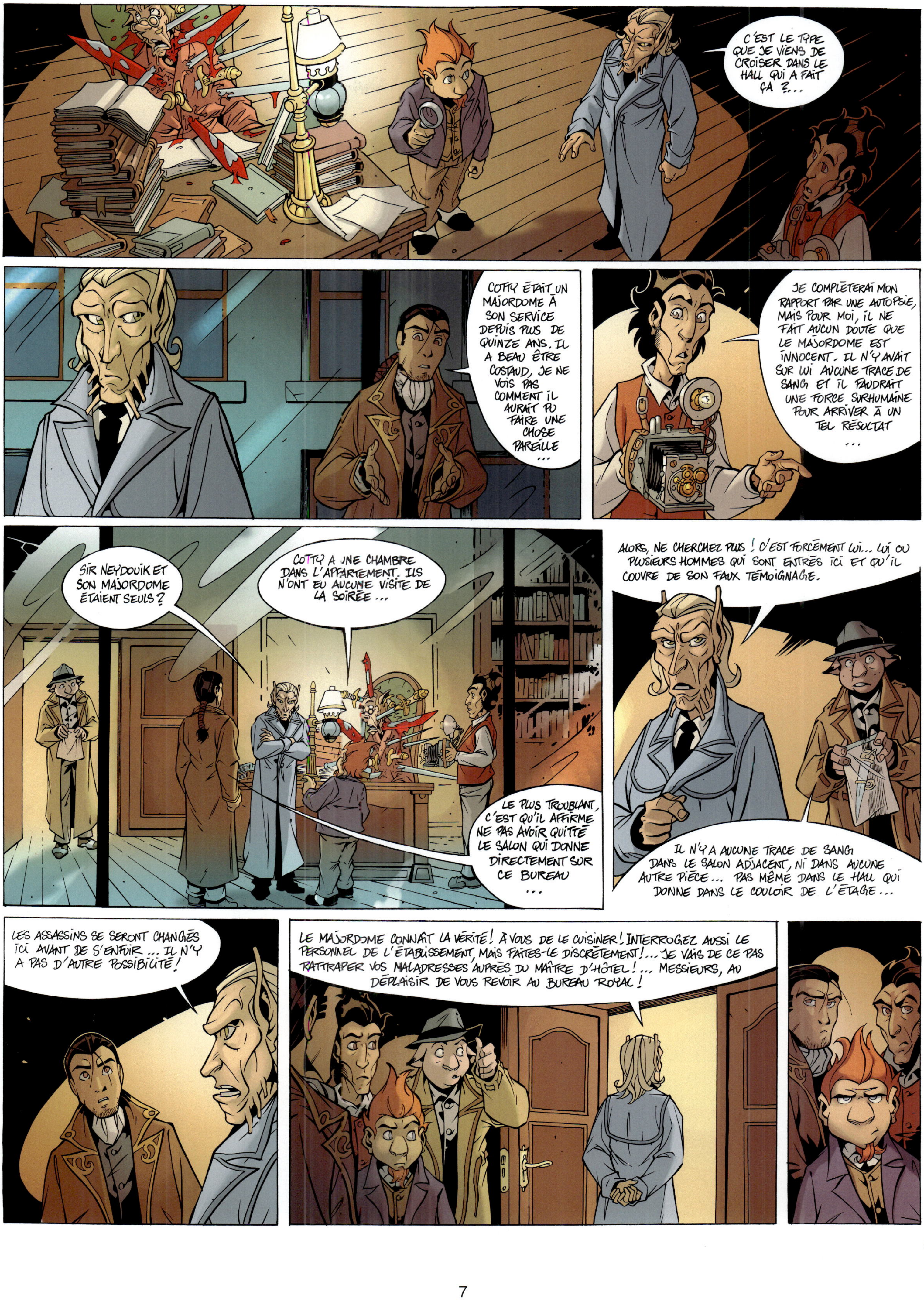
C'EST LE TYPE QUE JE VIENS DE CROISER DANS LE HALL QUI A FAIT ÇA ?...
COTTY ÉTAIT UN MAJORDOME À SON SERVICE DEPUIS PLUS DE QUINZE ANS. IL A BEAU ÊTRE COSTAUD, JE NE VOIS PAS COMMENT IL AURAIT PU FAIRE UNE CHOSE PAREILLE...
JE COMPLÉTERAI MON RAPPORT PAR UNE AUTOPSIE, MAIS POUR MOI, IL NE FAIT AUCUN DOUTE QUE LE MAJORDOME EST INNOCENT. IL N'Y AVAIT SUR LUI AUCUNE TRACE DE SANG ET IL FAUDRAIT UNE FORCE SURHUMAINE POUR ARRIVER À UN TEL RÉSULTAT...
SIR NEYDOUIK ET SON MAJORDOME ÉTAIENT SEULS ?
COTTY A UNE CHAMBRE DANS L'APPARTEMENT. ILS N'ONT EU AUCUNE VISITE DE LA SOIRÉE...
LE PLUS TROUBLANT, C'EST QU'IL AFFIRME NE PAS AVOIR QUITTÉ LE SALON QUI DONNE DIRECTEMENT SUR CE BUREAU...
ALORS, NE CHERCHEZ PLUS ! C'EST FORCÉMENT LUI... LUI OU PLUSIEURS HOMMES QUI SONT ENTRÉS ICI ET QU'IL COUVRE DE SON FAUX TÉMOIGNAGE.
IL N'Y A AUCUNE TRACE DE SANG DANS LE SALON ADJACENT, NI DANS AUCUNE AUTRE PIÈCE... PAS MÊME DANS LE HALL QUI DONNE DANS LE COULOIR DE L'ÉTAGE...
LES ASSASSINS SE SERONT CHANGÉS ICI AVANT DE S'ENFUIR... IL N'Y A PAS D'AUTRE POSSIBILITÉ !
LE MAJORDOME CONNAÎT LA VÉRITÉ ! À VOUS DE LE CUISINER ! INTERROGEZ AUSSI LE PERSONNEL DE L'ÉTABLISSEMENT, MAIS FAITES-LE DISCRÈTEMENT !... JE VAIS DE CE PAS RATTRAPER VOS MALADRESSES AUPRÈS DU MAÎTRE D'HÔTEL !... MESSIEURS, AU DÉPLAISIR DE VOUS REVOIR AU BUREAU ROYAL !
5

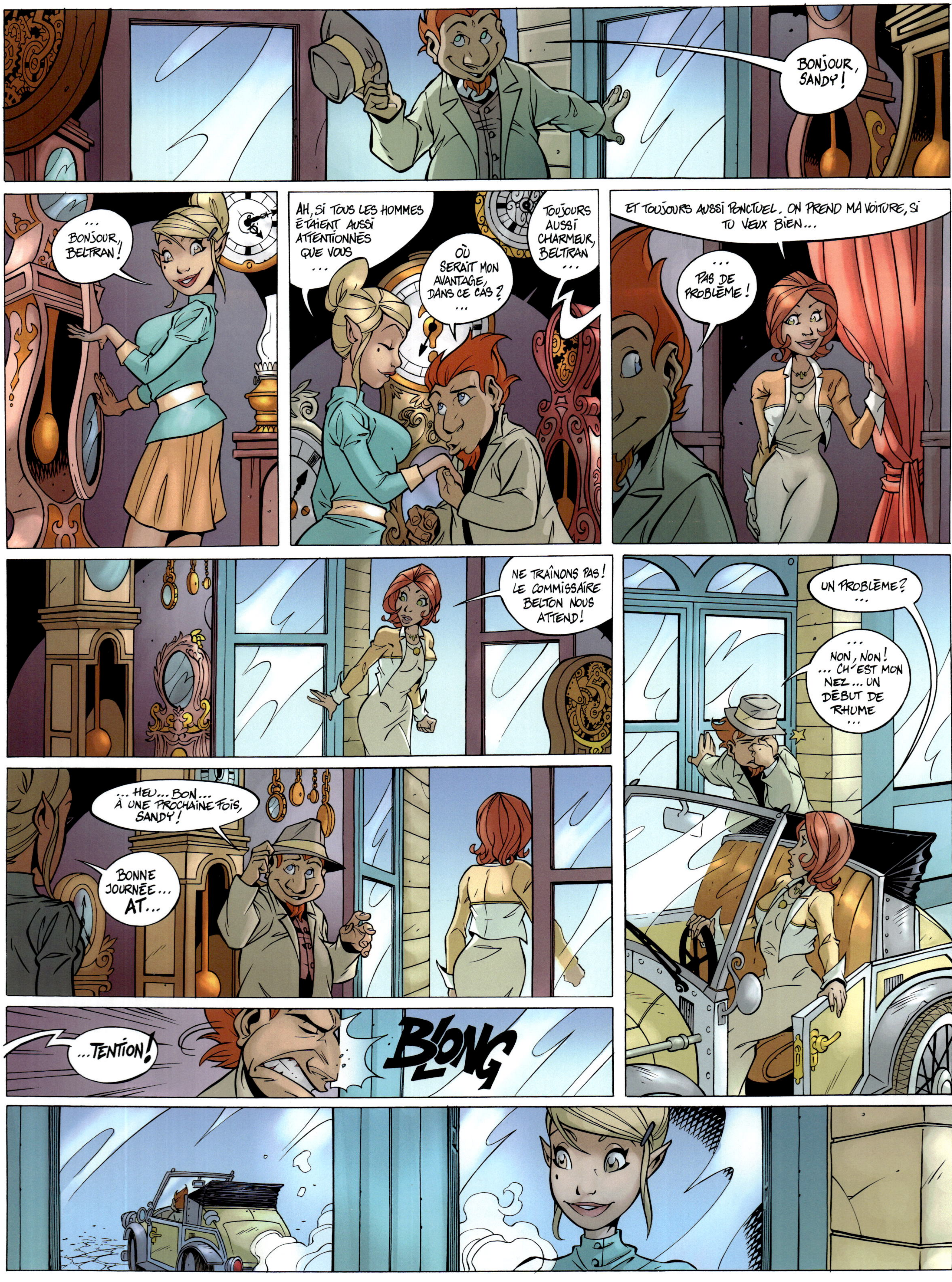
BONJOUR, SANDY !
... BONJOUR, BELTRAN !
AH, SI TOUS LES HOMMES ÉTAIENT AUSSI ATTENTIONNÉS QUE VOUS ...
OÙ SERAIT MON AVANTAGE, DANS CE CAS ? ...
TOUJOURS AUSSI CHARMEUR, BELTRAN ...
ET TOUJOURS AUSSI PONCTUEL. ON PREND MA VOITURE, SI TU VEUX BIEN ...
... PAS DE PROBLÈME !
NE TRAÎNONS PAS ! LE COMMISSAIRE BELTON NOUS ATTEND !
... HEU ... BON ... À UNE PROCHAINE FOIS, SANDY !
BONNE JOURNÉE ... AT ...
... TENTION !
BLONG
UN PROBLÈME ? ...
... NON, NON ! ... CH'EST MON NEZ ... UN DÉBUT DE RHUME ...

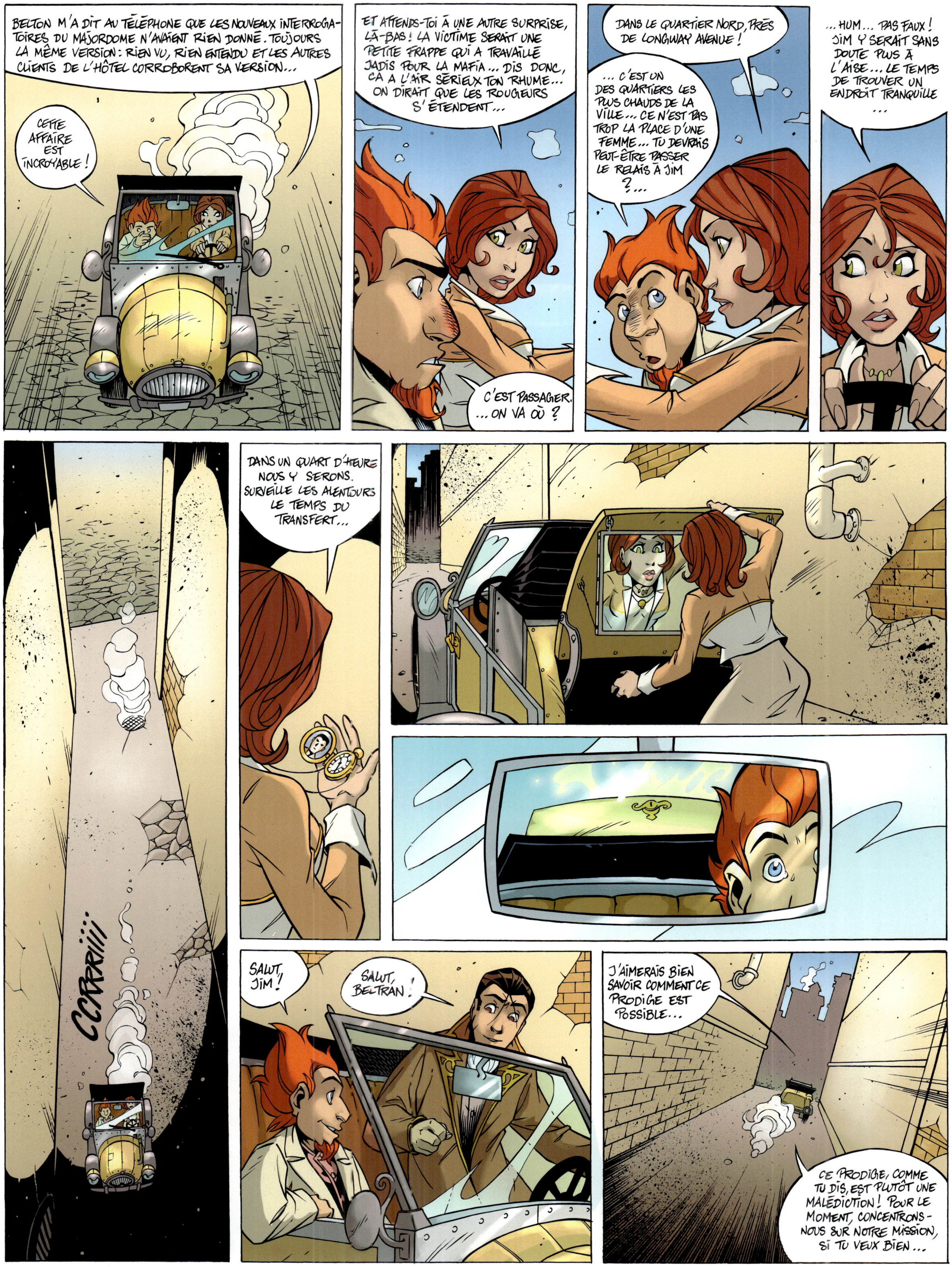
BELTON M'A DIT AU TÉLÉPHONE QUE LES NOUVEAUX INTERROGATOIRES DU MAJORDOME N'AVAIENT RIEN DONNÉ. TOUJOURS LA MÊME VERSION : RIEN VU, RIEN ENTENDU ET LES AUTRES CLIENTS DE L'HÔTEL CORROBORENT SA VERSION...
CETTE AFFAIRE EST INCROYABLE !
ET ATTENDS-TOI À UNE AUTRE SURPRISE, LÀ-BAS ! LA VICTIME SERAIT UNE PETITE FRAPPE QUI A TRAVAILLÉ JADIS POUR LA MAFIA... DIS DONC, ÇA A L'AIR SÉRIEUX TON RHUME... ON DIRAIT QUE LES ROUGEURS S'ÉTENDENT...
C'EST PASSAGER. ...ON VA OÙ ?
DANS LE QUARTIER NORD, PRÈS DE LONGWAY AVENUE !
...C'EST UN DES QUARTIERS LES PLUS CHAUDS DE LA VILLE... CE N'EST PAS TROP LA PLACE D'UNE FEMME... TU DEVRAIS PEUT-ÊTRE PASSER LE RELAIS À JIM ?...
...HUM... PAS FAUX ! JIM Y SERAIT SANS DOUTE PLUS À L'AISE... LE TEMPS DE TROUVER UN ENDROIT TRANQUILLE...
CCRRRIIII
DANS UN QUART D'HEURE NOUS Y SERONS. SURVEILLE LES ALENTOURS LE TEMPS DU TRANSFERT...
SALUT, JIM !
SALUT, BELTRAN !
J'AIMERAIS BIEN SAVOIR COMMENT CE PRODIGE EST POSSIBLE...
CE PRODIGE, COMME TU DIS, EST PLUTÔT UNE MALÉDICTION ! POUR LE MOMENT, CONCENTRONS-NOUS SUR NOTRE MISSION, SI TU VEUX BIEN...
7

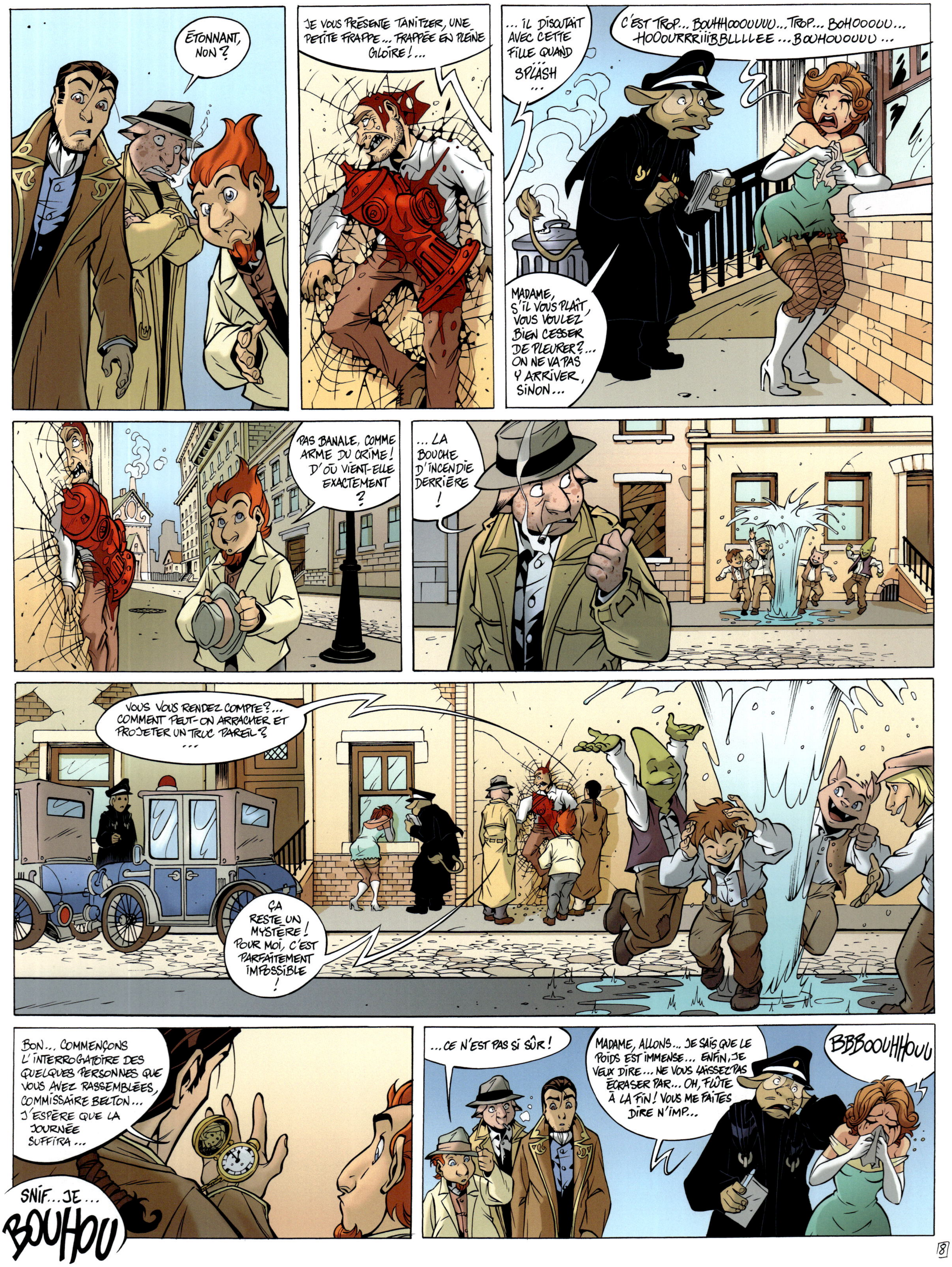

ÉTONNANT, NON ?
JE VOUS PRÉSENTE TANITZER, UNE PETITE FRAPPE... FRAPPÉE EN PLEINE GLOIRE !...
... IL DISCUTAIT AVEC CETTE FILLE QUAND ... SPLASH ...
C'EST TROP... BOUHHOOOUUUU... TROP... BOHOOOUU... HOOOURRIIIBBLLLLEE... BOUHOUOUUU...
MADAME, S'IL VOUS PLAÎT, VOUS VOULEZ BIEN CESSER DE PLEURER ?... ON NE VA PAS Y ARRIVER, SINON...
PAS BANALE, COMME ARME DU CRIME ! D'OÙ VIENT-ELLE EXACTEMENT ?
... LA BOUCHE D'INCENDIE DERRIÈRE !
VOUS VOUS RENDEZ COMPTE ?... COMMENT PEUT-ON ARRACHER ET PROJETER UN TRUC PAREIL ?...
ÇA RESTE UN MYSTÈRE ! POUR MOI, C'EST PARFAITEMENT IMPOSSIBLE !
BON... COMMENÇONS L'INTERROGATOIRE DES QUELQUES PERSONNES QUE VOUS AVEZ RASSEMBLÉES, COMMISSAIRE BELTON... J'ESPÈRE QUE LA JOURNÉE SUFFIRA...
SNIF... JE... BOUHOU
... CE N'EST PAS SI SÛR !
MADAME, ALLONS... JE SAIS QUE LE POIDS EST IMMENSE... ENFIN, JE VEUX DIRE... NE VOUS LAISSEZ PAS ÉCRASER PAR... OH, FLÛTE À LA FIN ! VOUS ME FAITES DIRE N'IMP...
BBBOOUHHOU
8

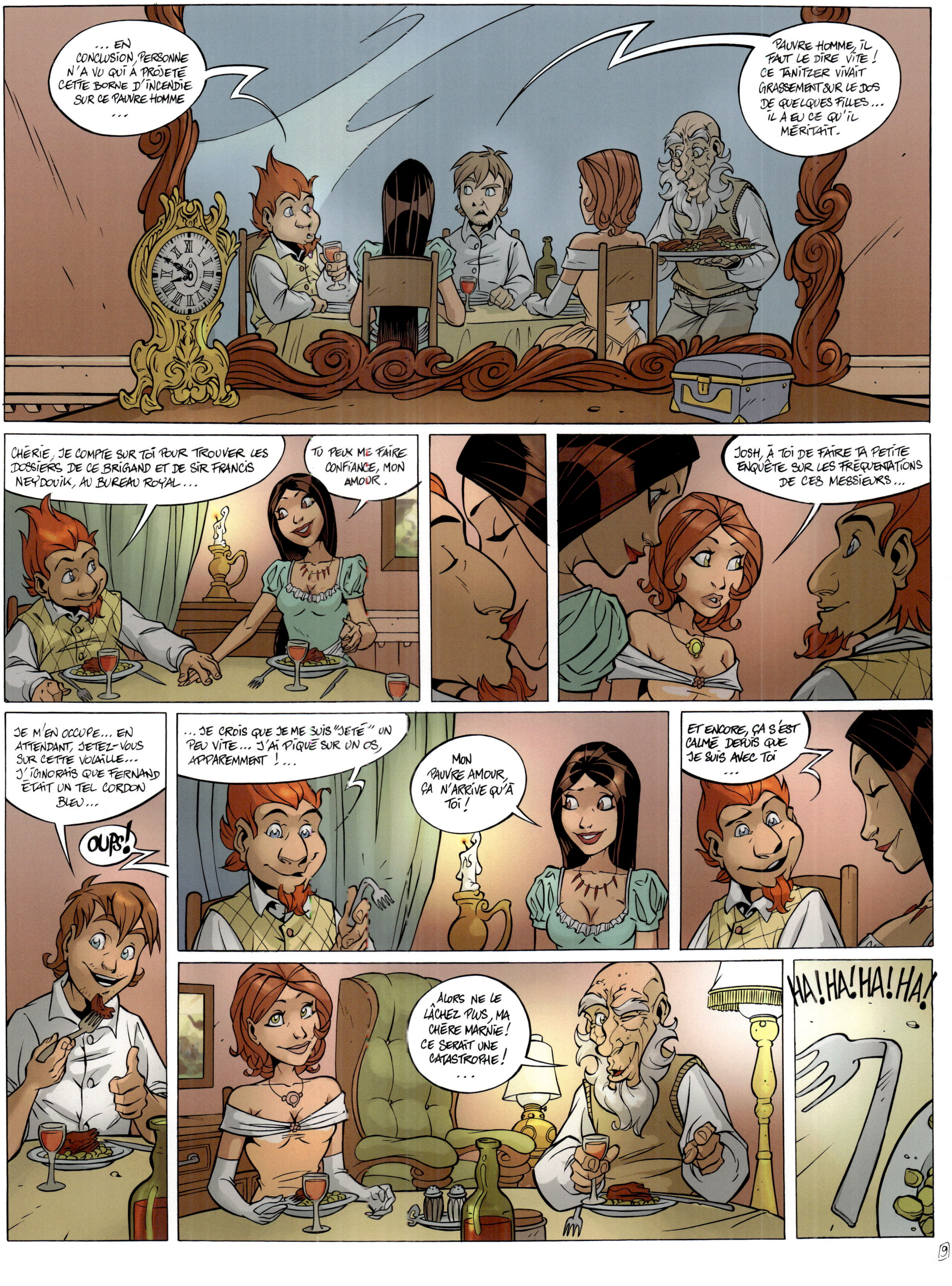
... EN CONCLUSION, PERSONNE N'A VU QUI A PROJETÉ CETTE BORNE D'INCENDIE SUR CE PAUVRE HOMME ...
PAUVRE HOMME, IL FAUT LE DIRE VITE ! CE TANITZER VIVAIT GRASSEMENT SUR LE DOS DE QUELQUES FILLES ... IL A EU CE QU'IL MÉRITAIT.
CHÉRIE, JE COMPTE SUR TOI POUR TROUVER LES DOSSIERS DE CE BRIGAND ET DE SIR FRANCIS NEYDOUIK, AU BUREAU ROYAL ...
TU PEUX ME FAIRE CONFIANCE, MON AMOUR.
JOSH, À TOI DE FAIRE TA PETITE ENQUÊTE SUR LES FRÉQUENTATIONS DE CES MESSIEURS ...
JE M'EN OCCUPE ... EN ATTENDANT, JETEZ-VOUS SUR CETTE VOLAILLE ... J'IGNORAIS QUE FERNAND ÉTAIT UN TEL CORDON BLEU ...
OUPS !
... JE CROIS QUE JE ME SUIS "JETÉ" UN PEU VITE ... J'AI PIQUÉ SUR UN OS, APPAREMMENT ! ...
MON PAUVRE AMOUR, ÇA N'ARRIVE QU'À TOI !
ET ENCORE, ÇA S'EST CALMÉ DEPUIS QUE JE SUIS AVEC TOI ...
ALORS NE LE LÂCHEZ PLUS, MA CHÈRE MARNIE ! CE SERAIT UNE CATASTROPHE ! ...
HA ! HA ! HA ! HA !
9

AU MÊME MOMENT, UN CERTAIN ANDREW LEWMAN RECEVAIT SES INVITÉS...
... MES AMIS, JE TIENS À VOUS REMERCIER POUR VOTRE MARQUE D'AFFECTION QUI ME TOUCHE BEAUCOUP ...
... C'EST UNE ATTENTION QUI AURAIT ÉMU AUX LARMES MA TENDRE ET REGRETTÉE ÉPOUSE ... NOUS SAVONS TOUS COMBIEN ELLE NOUS MANQUE ... SI NOUS SOMMES RASSEMBLÉS CE SOIR, CE N'EST PAS SEULEMENT POUR FÊTER MES 70 ANS, MAIS AUSSI POUR SAUVER SA MÉMOIRE. LA MÉMOIRE D'UNE GRANDE DAME QUI NOUS A QUITTÉS TROP TÔT.
TU PARLES. IL NE L'A JAMAIS RESPECTÉE, CE SALAUD! IL NE PENSAIT QU'À SON ARGENT ...
MAIS TAIS-TOI, À LA FIN! TU VAS FINIR PAR NOUS FAIRE REMARQUER ...
QU'EST-CE QUE ÇA PEUT FAIRE? ILS PENSENT TOUS COMME MOI, DE TOUTE MANIÈRE!
... AUSSI, AVEC VOUS, JE VOUDRAIS LEVER MON VERRE À LA MÉMOIRE DE TENDYCE QUI A SU SI BIEN ILLUMINER MA VIE ...
POUR TOI, MA CHÉRIE!
À LA MÉMOIRE DE TENDYCE LEWMAN!
C'EST TOI QUI AURAIS DÛ CREVER, SALE ORDURE...
SHANIA!
CRACK
?!
BLAGUNG
10

JE TE JURE QUE JE N'Y SUIS POUR RIEN... JE... C'EST PAS MA FAUTE... JE NE VOULAIS PAS...

TIENS-TOI BIEN, BELTRAN ! TOUT LE MONDE NOUS REGARDE.
MAIS NON, ILS SONT TOUS PLONGÉS DANS LEURS LIVRES... ET PUIS ÇA FAIT DÉJÀ DEUX HEURES QU'ON EST DANS CETTE BIBLIOTHÈQUE, ÇA COMMENCE À ME FATIGUER ...
J'AI LÀ QUELQUES ARTICLES SUR ANDREW LEWMAN. IL Y EST QUESTION D'UNE ENQUÊTE CONCERNANT SES RELATIONS AVEC LA MAFIA. LE NOM DE TANITZER EST ÉGALEMENT CITÉ...
... J'EN AI QUELQUES-UNS AUSSI DANS LE "YORK'S REPORT". C'ÉTAIT EN 1012. SIR FRANCIS NEYDOUIK ÉTAIT MINISTRE DES ARMÉES À L'ÉPOQUE ...
VOLTON TIMES
JE ME SOUVIENS QUE NEYDOUIK AVAIT ÉTÉ ACCUSÉ D'AVOIR ACCEPTÉ DE L'ARGENT DE LA MAFIA POUR FINANCER DES RECHERCHES SCIENTIFIQUES DANS LE DOMAINE MILITAIRE ...
L'AFFAIRE A TRAÎNÉ JUSQU'À CE QU'ELLE PASSE AUX OUBLIETTES ...
HUM... LE BUREAU ROYAL N'EST PAS TRÈS CLAIR SUR CE COUP. MARNIE N'A TROUVÉ AUCUN DOSSIER SUR NEYDOUIK ET CEUX DE TANITZER ET LEWMAN SONT TRÈS INCOMPLETS ...
J'AI DEMANDÉ À MARNIE DE FAIRE UNE DEMANDE OFFICIELLE AU COMMANDEUR POUR POUVOIR ACCÉDER AUX DOSSIERS DU MINISTÈRE DES ARMÉES... AU PIRE, JE DEMANDERAI À JOSH DE FORCER QUELQUES TIROIRS ...
RESTE TRANQUILLE, À LA FIN !
... ♥ UN PETIT BISOU POUR ME REDONNER DU COU...
... RRAAAGGGGEEEE
?!
BLOUM
ON DIRAIT BIEN QUE LA LECTURE RESTE LABORIEUSE POUR CERTAINS ...
CETTE FOIS, TU AS GAGNÉ, BELTRAN ! TOUT LE MONDE TE REGARDE !

12

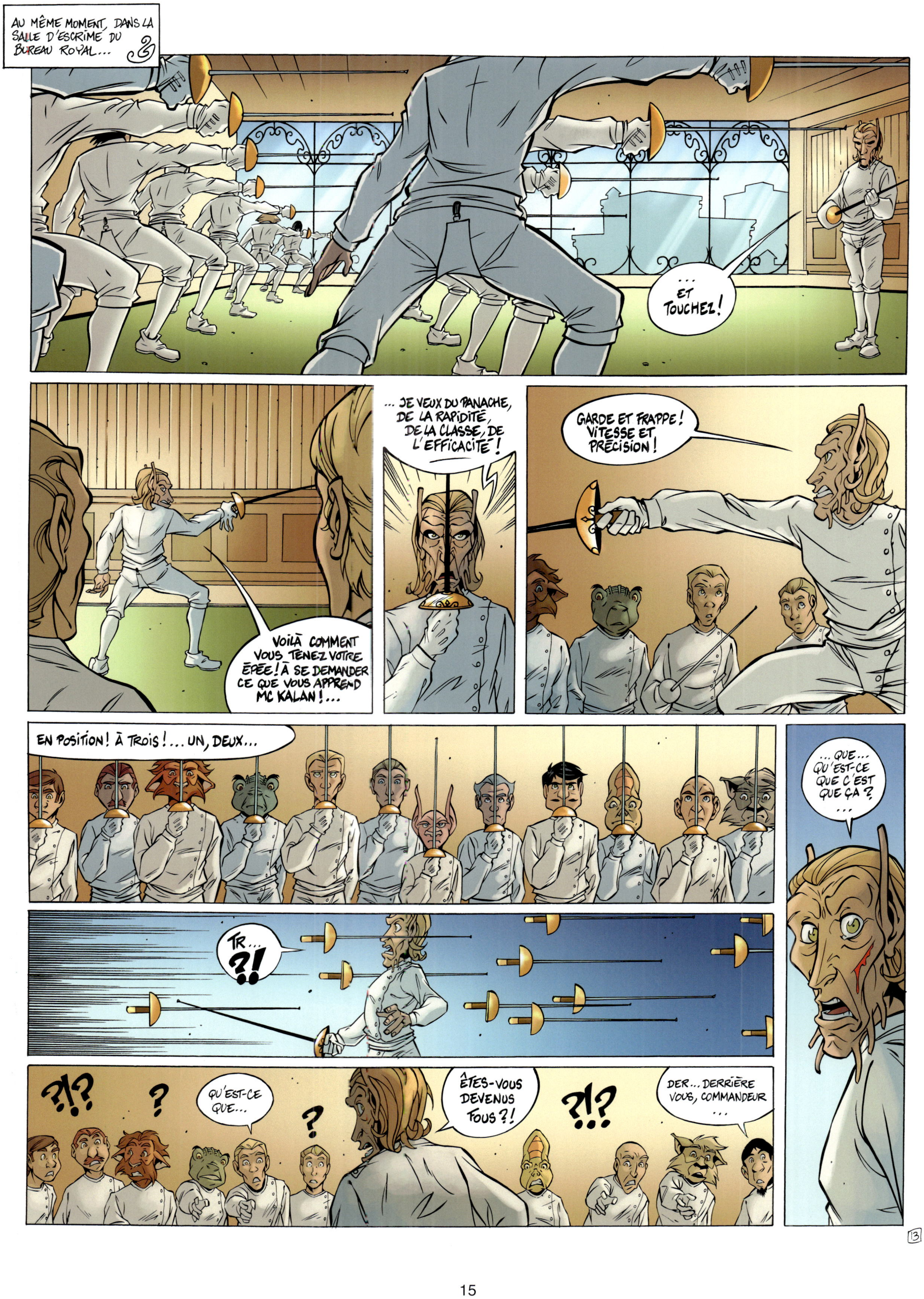
AU MÊME MOMENT, DANS LA SALLE D'ESCRIME DU BUREAU ROYAL...
... ET TOUCHEZ !
VOILÀ COMMENT VOUS TENEZ VOTRE ÉPÉE ! À SE DEMANDER CE QUE VOUS APPREND MC KALAN !...
... JE VEUX DU PANACHE, DE LA RAPIDITÉ, DE LA CLASSE, DE L'EFFICACITÉ !
GARDE ET FRAPPE ! VITESSE ET PRÉCISION !
EN POSITION ! À TROIS !... UN, DEUX...
TR... ?!
... QUE... QU'EST-CE QUE C'EST QUE ÇA ? ...
?!?
?
QU'EST-CE QUE...
?
ÊTES-VOUS DEVENUS FOUS ?!
?!?
DER... DERRIÈRE VOUS, COMMANDEUR ...
13

ALORS ?...
EH BIEN, SI L'ON RELIE LES DIFFÉRENTS POINTS D'IMPACT, ON OBTIENT SYLVAK ! ...
OUI, ÇA JE L'AI VU, MONSIEUR BELTRAN D'AMBLIN. MAIS QU'EST-CE QUE ÇA VEUT DIRE SELON VOUS ?
UN NOM, SANS DOUTE ! ... CE QUI SIGNIFIE, MALHEUREUSEMENT, QUE NOUS AVONS ENCORE QUELQUES REGISTRES À COMPULSER POUR EN TROUVER L'ORIGINE ...
... VOUS DITES QUE LES ÉPÉES ONT ÉTÉ ARRACHÉES DES MAINS DES ÉLÈVES POUR VENIR SE PLANTER D'ELLES-MÊMES DANS LA CLOISON ...
LEURS ÉPÉES, ET CELLES PLACÉES DANS LES RÂTELIERS ... UNE DRÔLE D'IMPRESSION, VOUS POUVEZ ME CROIRE !
... UNE SITUATION SIMILAIRE À CELLE DE LA MORT DE SIR FRANCIS NEYDOUIK ... À LA DIFFÉRENCE PRÈS QUE L'AGRESSEUR NE VOULAIT PAS VOUS TUER, COMMANDEUR ...
.
... RESTE À SAVOIR COMMENT C'EST POSSIBLE. CELA DÉPASSE L'ENTENDEMENT ! ...
NE BOUGEZ PLUS, COMMANDEUR !
QU'EST-CE QUE VOUS DITES, MC KALAN ?
C'EST ÇA ! C'EST EXACTEMENT CETTE ATTITUDE, COMME SUR LA PHOTO !
LA PHOTO ? ... QUELLE PHOTO ? ...
14

Le midi-minuit
IL M'A FALLU UNE BONNE PARTIE DE LA NUIT POUR REMETTRE LA MAIN DESSUS, MAIS LA VOILÀ !
C'EST UNE PHOTO TIRÉE DU "VOLTON TIMES" ?
OUI, LE DIRECTEUR DE PUBLICATION A BIEN VOULU ME CONFIER L'ORIGINAL, TRÈS TÔT CE MATIN. ON RECONNAÎT NEYDOUIK ACCOMPAGNÉ DE SON PORTE-PAROLE DE L'ÉPOQUE ...
AK
ET QUEL RAPPORT AVEC CE QUE NOUS DISAIT JIM, HIER SOIR ?
REGARDEZ BIEN L'AFFICHE QUI EST DERRIÈRE LE MINISTRE.
... ON NE VOIT PAS LE NOM COMPLET ... AK ... COMME LA FIN DU MOT SYLVAK !
C'EST EXACTEMENT ÇA !...
... TOUTE LA NUIT, JE ME SUIS CREUSÉ LES MÉNINGES ... DEPUIS LE DÉBUT DE CETTE AFFAIRE, JE SUIS CONVAINCU D'AVOIR LA SOLUTION SOUS LES YEUX ... C'EST EN VOYANT CETTE PHOTO TOUT À L'HEURE, ET AVANT MÊME QUE JENNA M'EN FASSE LA LÉGENDE, QUE TOUT EST DEVENU LIMPIDE ...
... TOUT PORTE À CROIRE QUE CES MEURTRES ONT ÉTÉ EXÉCUTÉS SANS LA PRÉSENCE PHYSIQUE DE L'AGRESSEUR SUR LES LIEUX. C'EST COMME SI LES CHOSES OU LES OBJETS LUI OBÉISSAIENT À DISTANCE, POUR DEVENIR DES ARMES MORTELLES ...
LA SOLUTION : LA VOILÀ !
?!? ... FERNAND ... JE CROIS QUE CETTE FOIS, JE SUIS UN PEU PERDUE ...
UNE FOURCHETTE ? ... MA FOURCHETTE DE L'AUTRE SOIR ? ...
JE NE SAIS PLUS QUI DISAIT : "UNE FOIS L'IMPOSSIBLE ÉLIMINÉ, IL RESTE FORCÉMENT LA VÉRITÉ, MÊME SI ELLE PARAÎT IMPROBABLE" ... CETTE VÉRITÉ, C'EST LA PSYCHOKINÈSE !
15

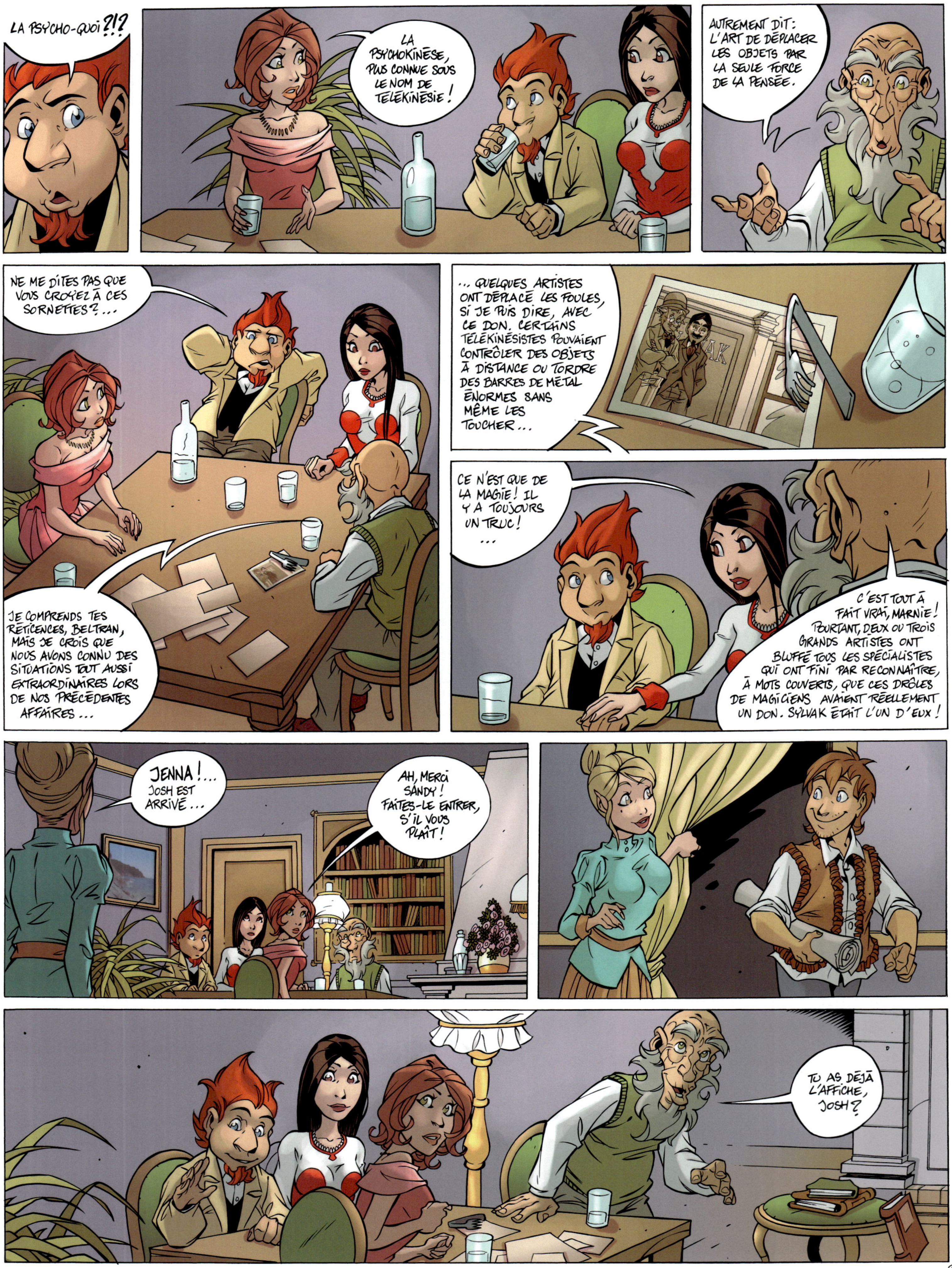

LA PSYCHO-QUOI ?!?
LA PSYCHOKINÈSE, PLUS CONNUE SOUS LE NOM DE TÉLÉKINÉSIE !
AUTREMENT DIT : L'ART DE DÉPLACER LES OBJETS PAR LA SEULE FORCE DE LA PENSÉE.
NE ME DITES PAS QUE VOUS CROYEZ À CES SORNETTES ?...
JE COMPRENDS TES RÉTICENCES, BELTRAN, MAIS JE CROIS QUE NOUS AVONS CONNU DES SITUATIONS TOUT AUSSI EXTRAORDINAIRES LORS DE NOS PRÉCÉDENTES AFFAIRES...
... QUELQUES ARTISTES ONT DÉPLACÉ LES FOULES, SI JE PUIS DIRE, AVEC CE DON. CERTAINS TÉLÉKINÉSISTES POUVAIENT CONTRÔLER DES OBJETS À DISTANCE OU TORDRE DES BARRES DE MÉTAL ÉNORMES SANS MÊME LES TOUCHER...
CE N'EST QUE DE LA MAGIE ! IL Y A TOUJOURS UN TRUC ! ...
C'EST TOUT À FAIT VRAI, MARNIE ! POURTANT, DEUX OU TROIS GRANDS ARTISTES ONT BLUFFÉ TOUS LES SPÉCIALISTES QUI ONT FINI PAR RECONNAÎTRE, À MOTS COUVERTS, QUE CES DRÔLES DE MAGICIENS AVAIENT RÉELLEMENT UN DON. SYLVAK ÉTAIT L'UN D'EUX !
JENNA !... JOSH EST ARRIVÉ...
AH, MERCI SANDY ! FAITES-LE ENTRER, S'IL VOUS PLAÎT !
TU AS DÉJÀ L'AFFICHE, JOSH ?
16

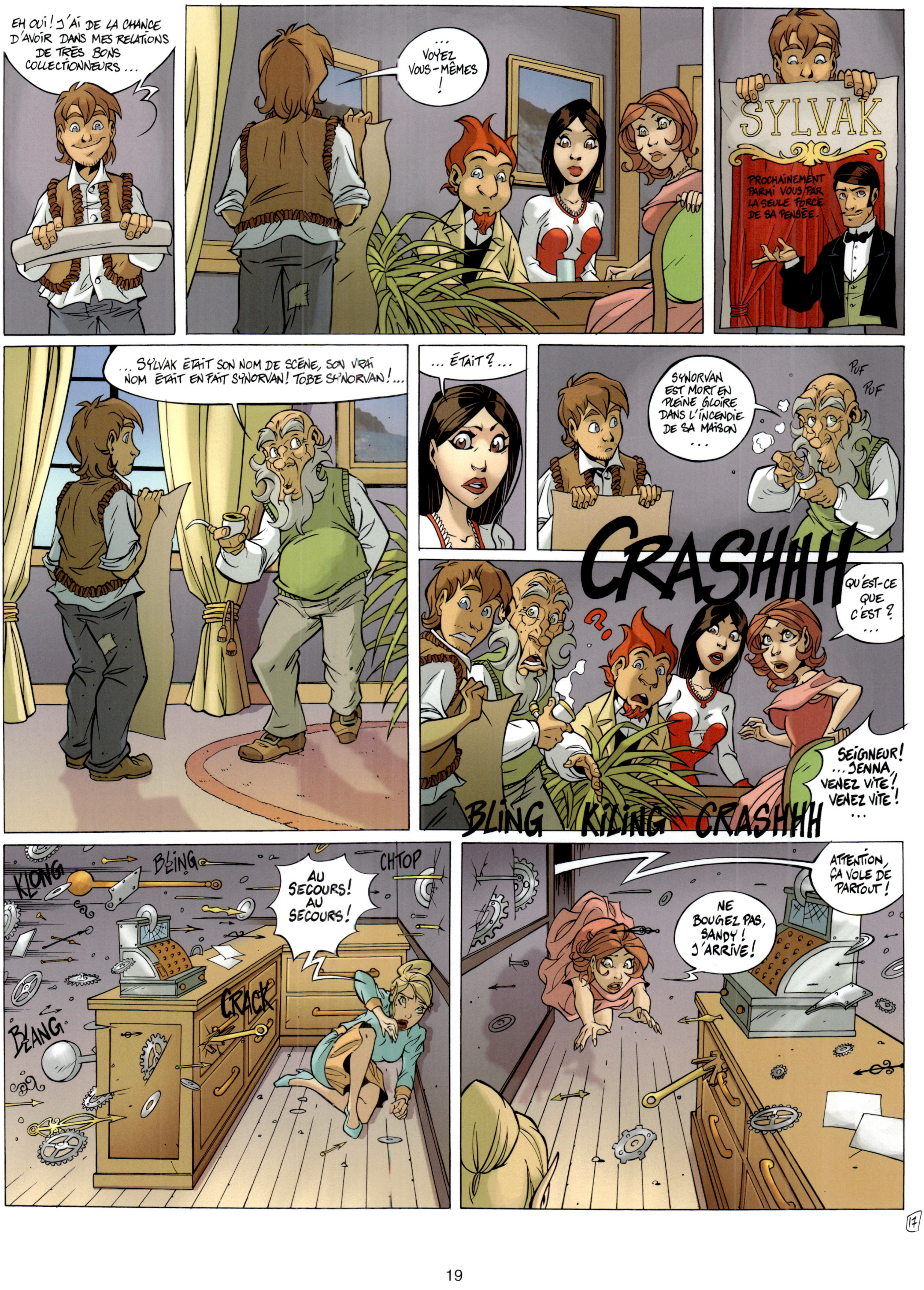

EH OUI ! J'AI DE LA CHANCE D'AVOIR DANS MES RELATIONS DE TRÈS BONS COLLECTIONNEURS...
... VOYEZ VOUS-MÊMES !
SYLVAK
PROCHAINEMENT PARMI VOUS PAR LA SEULE FORCE DE SA PENSÉE.
... SYLVAK ÉTAIT SON NOM DE SCÈNE, SON VRAI NOM ÉTAIT EN FAIT SYNORVAN ! TOBE SYNORVAN !...
... ÉTAIT ?...
PUF PUF
SYNORVAN EST MORT EN PLEINE GLOIRE DANS L'INCENDIE DE SA MAISON...
CRASHHH
QU'EST-CE QUE C'EST ?...
SEIGNEUR ! ... JENNA, VENEZ VITE ! VENEZ VITE !...
BLING KLING CRASHHH
KLONG
BLING
CHTOP
AU SECOURS ! AU SECOURS !
CRACK
BLANG
ATTENTION, ÇA VOLE DE PARTOUT !
NE BOUGEZ PAS, SANDY ! J'ARRIVE !
17

... ON DIRAIT QUE ÇA SE CALME ...
JE NE COMPRENDS PAS... TOUT ÉTAIT CALME ET SOUDAIN ...
VOUS ÊTES BLESSÉE? ...
NON... JUSTE QUELQUES ÉGRATIGNURES, COMME VOUS ...
JENNA, REGARDE! LA VOITURE DEVANT LA VITRINE!
IL FAUT LA RATTRAPER, VITE!
VVVRAOOOUMMMM
PLUS VITE, BELTRAN! PLUS VITE!
ON Y VA! ON Y VA! ATTENTION À LA MANOEUVRE!
ELLE VA NOUS ÉCHAPPER!
CERTAINEMENT PAS! C'EST UN MOTEUR D'HÉLION QUE J'AI SOUS LA CARROSSERIE...
JE VAIS LA RATTRAPER LE TEMPS DE LE DIRE!
?... QU'EST-CE QUE... BELTRAN! ATTENTIONNN!
?
BLAOUM

18

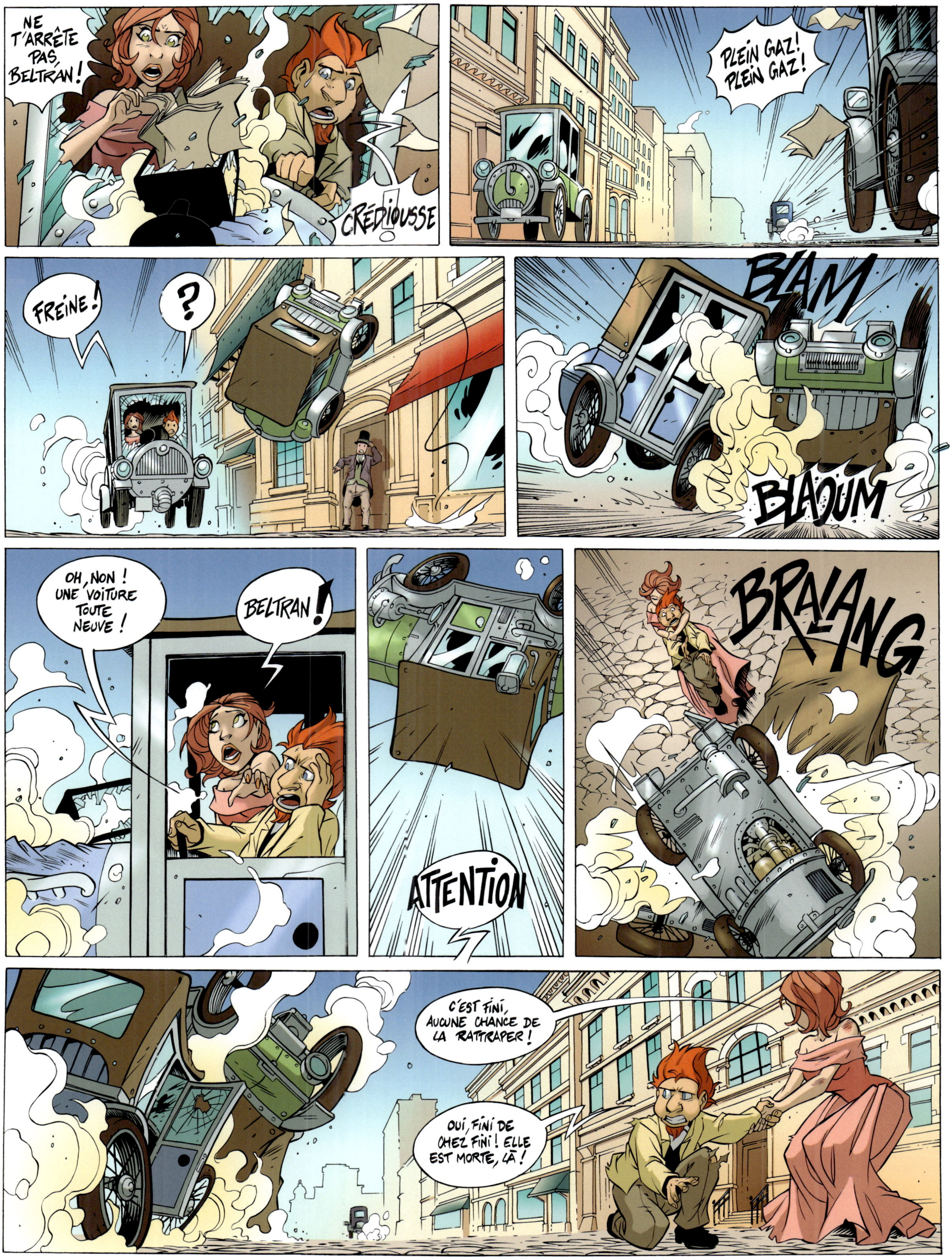
NE T'ARRÊTE PAS, BELTRAN !
CRÉDIOUSSE
PLEIN GAZ ! PLEIN GAZ !
FREINE !
?
BLAM
BLAOUM
OH, NON ! UNE VOITURE TOUTE NEUVE !
BELTRAN !
ATTENTION
BRAIANG
C'EST FINI, AUCUNE CHANCE DE LA RATTRAPER !
OUI, FINI DE CHEZ FINI ! ELLE EST MORTE, LÀ !

ALORS ?... RIEN NON PLUS DANS CETTE RANGÉE ?...
RIEN DE RIEN ! AUCUN DOSSIER SUR TOBE SYNORVAN NI AU NOM DE SYLVAK !
FOUTUE JOURNÉE DE FOUTUE JOURNÉE ! JE VAIS RENDRE MON TABLIER SI ÇA CONTINUE ...
POURTANT, BELTON PENSE QU'UNE COPIE DU PROCÈS-VERBAL CONCERNANT LA MORT DE SYNORVAN A ÉTÉ ENVOYÉE AU BUREAU ROYAL ... ON DEVRAIT TROUVER QUELQUE CHOSE ...
OUI, BEN POUR LE MOMENT, TOUT CE QU'ON TROUVE, C'EST POUSSIÈRE ET COMPAGNIE.
... ENCORE UN DOSSIER DISPARU DES ARCHIVES, ÇA COMMENCE À FAIRE BEAUCOUP ! ... J'ESPÈRE QUE MARNIE ET BELTON AURONT PLUS DE CHANCE ...
... QUE VOULEZ-VOUS, À MON ÂGE, ON A SES HABITUDES ... ET PUIS LE DOCTEUR DIT QUE C'EST TRÈS BON POUR MON COEUR ...
CE N'EST PAS UN PROBLÈME, MONSIEUR RODVOY ! UNE BONNE BALLADE N'EST PAS POUR NOUS DÉPLAIRE ...
... ALORS TOUT LE MONDE EST CONTENT ! ... VOUS VOULIEZ ME PARLER DE SYLVAK, C'EST BIEN ÇA ?
OUI ! JE SAIS QUE VOUS ÉTIEZ LE COMMISSAIRE DE POLICE CHARGÉ D'ENQUÊTER SUR L'INCENDIE. NOUS PENSONS QU'IL POURRAIT Y AVOIR UN RAPPORT AVEC CET ÉVÉNEMENT ET LES MEURTRES COMMIS RÉCEMMENT ...
VOUS VOULEZ PARLER DE NEYDUIK ET DE CETTE ORDURE DE LEWMAN, JE PRÉSUME ...
OUI, AINSI QUE BANITZER, QUE VOUS DEVIEZ CONNAÎTRE ...
OH, OUI ! IL ÉTAIT TOUJOURS DANS LES PLUS MAUVAIS COUPS, CELUI-LÀ. TOUJOURS À FRAYER AVEC LES GROSSES LÉGUMES ...

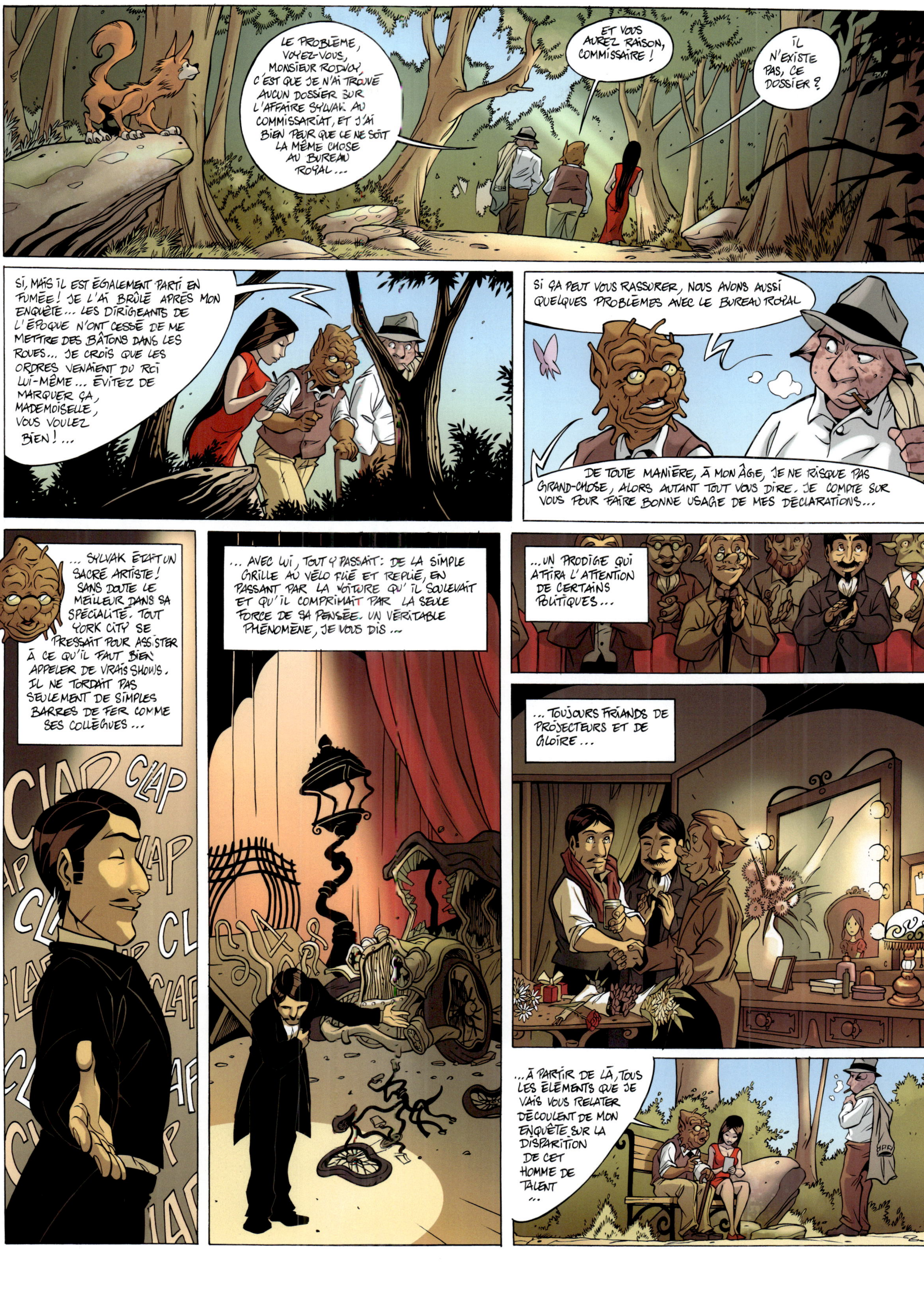
LE PROBLÈME, VOYEZ-VOUS, MONSIEUR RODVOL, C'EST QUE JE N'AI TROUVÉ AUCUN DOSSIER SUR L'AFFAIRE SYLVAK AU COMMISSARIAT, ET J'AI BIEN PEUR QUE CE NE SOIT LA MÊME CHOSE AU BUREAU ROYAL...
ET VOUS AUREZ RAISON, COMMISSAIRE !
IL N'EXISTE PAS, CE DOSSIER ?
SI, MAIS IL EST ÉGALEMENT PARTI EN FUMÉE ! JE L'AI BRÛLÉ APRÈS MON ENQUÊTE... LES DIRIGEANTS DE L'ÉPOQUE N'ONT CESSÉ DE ME METTRE DES BÂTONS DANS LES ROUES... JE CROIS QUE LES ORDRES VENAIENT DU ROI LUI-MÊME... ÉVITEZ DE MARQUER ÇA, MADEMOISELLE, VOUS VOULEZ BIEN !...
SI ÇA PEUT VOUS RASSURER, NOUS AVONS AUSSI QUELQUES PROBLÈMES AVEC LE BUREAU ROYAL
DE TOUTE MANIÈRE, À MON ÂGE, JE NE RISQUE PAS GRAND-CHOSE, ALORS AUTANT TOUT VOUS DIRE. JE COMPTE SUR VOUS POUR FAIRE BONNE USAGE DE MES DÉCLARATIONS...
... SYLVAK ÉTAIT UN SACRÉ ARTISTE ! SANS DOUTE LE MEILLEUR DANS SA SPÉCIALITÉ. TOUT YORK CITY SE PRESSAIT POUR ASSISTER À CE QU'IL FAUT BIEN APPELER DE VRAIS SHOWS. IL NE TORDAIT PAS SEULEMENT DE SIMPLES BARRES DE FER COMME SES COLLÈGUES...
CLAP CLAP
... AVEC LUI, TOUT Y PASSAIT: DE LA SIMPLE GRILLE AU VÉLO TUÉ ET REPLIÉ, EN PASSANT PAR LA VOITURE QU'IL SOULEVAIT ET QU'IL COMPRIMAIT PAR LA SEULE FORCE DE SA PENSÉE. UN VÉRITABLE PHÉNOMÈNE, JE VOUS DIS...
... UN PRODIGE QUI ATTIRA L'ATTENTION DE CERTAINS POLITIQUES...
... TOUJOURS FRIANDS DE PROJECTEURS ET DE GLOIRE...
... À PARTIR DE LÀ, TOUS LES ÉLÉMENTS QUE JE VAIS VOUS RELATER DÉCOULENT DE MON ENQUÊTE SUR LA DISPARITION DE CET HOMME DE TALENT ...
21

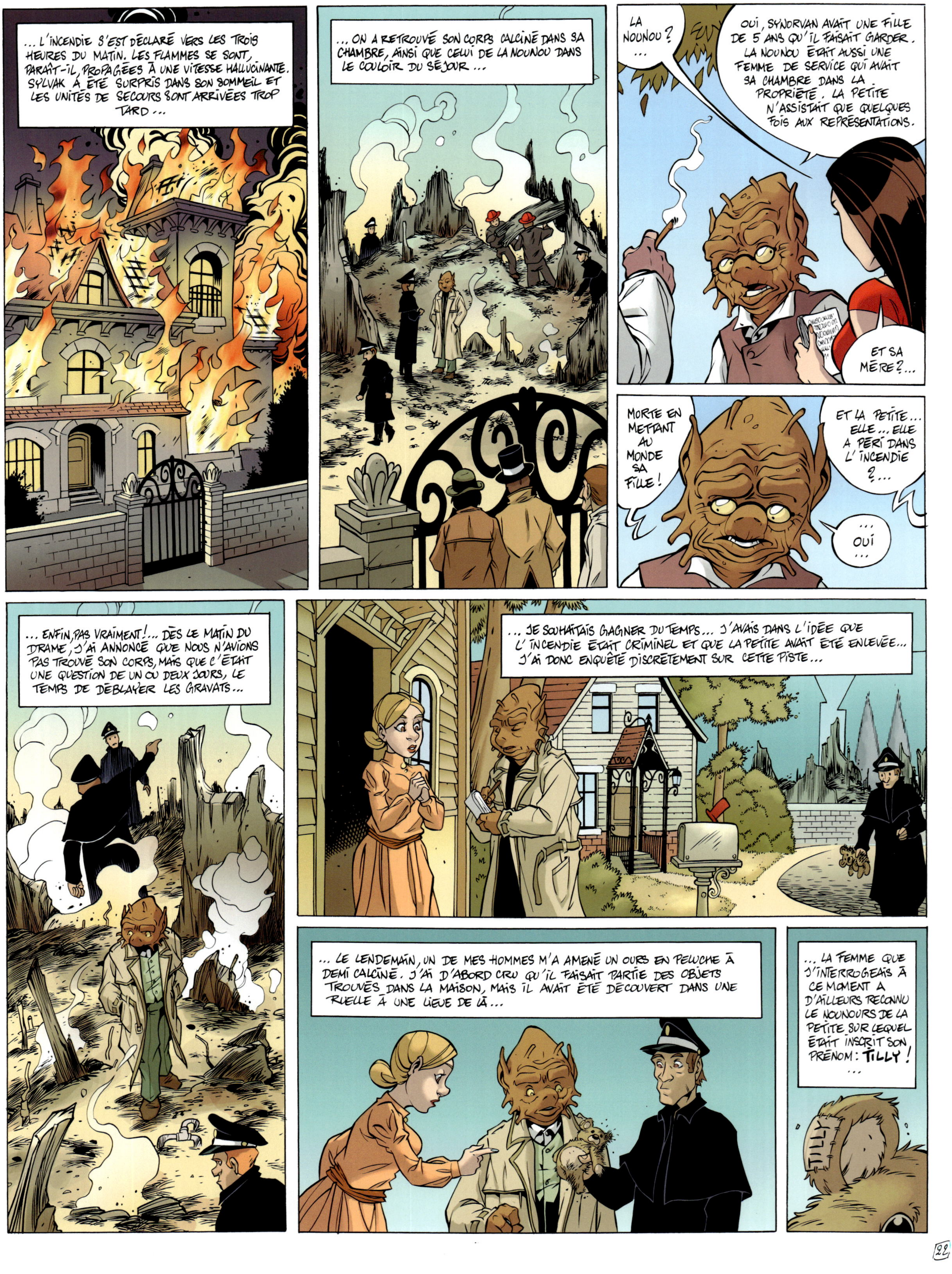
... L'INCENDIE S'EST DÉCLARÉ VERS LES TROIS HEURES DU MATIN. LES FLAMMES SE SONT, PARAÎT-IL, PROPAGÉES À UNE VITESSE HALLUCINANTE. SYLVAK A ÉTÉ SURPRIS DANS SON SOMMEIL ET LES UNITÉS DE SECOURS SONT ARRIVÉES TROP TARD...
... ON A RETROUVÉ SON CORPS CALCINÉ DANS SA CHAMBRE, AINSI QUE CELUI DE LA NOUNOU DANS LE COULOIR DU SÉJOUR...
LA NOUNOU ? ...
OUI, SYNORVAN AVAIT UNE FILLE DE 5 ANS QU'IL FAISAIT GARDER. LA NOUNOU ÉTAIT AUSSI UNE FEMME DE SERVICE QUI AVAIT SA CHAMBRE DANS LA PROPRIÉTÉ. LA PETITE N'ASSISTAIT QUE QUELQUES FOIS AUX REPRÉSENTATIONS.
ET SA MÈRE ?...
MORTE EN METTANT AU MONDE SA FILLE !
ET LA PETITE... ELLE... ELLE A PÉRI DANS L'INCENDIE ?...
... OUI ...
... ENFIN, PAS VRAIMENT !... DÈS LE MATIN DU DRAME, J'AI ANNONCÉ QUE NOUS N'AVIONS PAS TROUVÉ SON CORPS, MAIS QUE C'ÉTAIT UNE QUESTION DE UN OU DEUX JOURS, LE TEMPS DE DÉBLAYER LES GRAVATS...
... JE SOUHAITAIS GAGNER DU TEMPS... J'AVAIS DANS L'IDÉE QUE L'INCENDIE ÉTAIT CRIMINEL ET QUE LA PETITE AVAIT ÉTÉ ENLEVÉE... J'AI DONC ENQUÊTÉ DISCRÈTEMENT SUR CETTE PISTE...
... LE LENDEMAIN, UN DE MES HOMMES M'A AMENÉ UN OURS EN PELUCHE À DEMI CALCINÉ. J'AI D'ABORD CRU QU'IL FAISAIT PARTIE DES OBJETS TROUVÉS DANS LA MAISON, MAIS IL AVAIT ÉTÉ DÉCOUVERT DANS UNE RUELLE À UNE LIEUE DE LÀ...
... LA FEMME QUE J'INTERROGEAIS À CE MOMENT A D'AILLEURS RECONNU LE NOUNOURS DE LA PETITE SUR LEQUEL ÉTAIT INSCRIT SON PRÉNOM : TILLY ! ...
TILLY
22

... ET PUIS J'AI REÇU LA VISITE DU SECRÉTAIRE DE SIR FRANCIS NEYDOUIK, ALORS MINISTRE DES ARMÉES... IL M'A DEMANDÉ SI LE CORPS DE LA PETITE AVAIT ÉTÉ RETROUVÉ. J'AI ACQUIESCÉ... JE L'AI SENTI PRESQUE SOULAGÉ... IL A AUSSITÔT INSISTÉ POUR QUE CETTE AFFAIRE MEURE À "PETIT FEU"...
... ALORS, AU LIEU DE ME CALMER, J'AI REDOUBLÉ D'EFFORTS. MON ESPRIT ANTICONFORMISTE SANS DOUTE ! ... BREF, J'Y AI PASSÉ MES JOURS ET MES NUITS, PAS SEULEMENT POUR MOI, MAIS POUR LA PETITE QUE JE SAVAIS VIVANTE ET QUE JE VOULAIS RETROUVER COÛTE QUE COÛTE...
... J'AI RASSEMBLÉ TOUS LES INDICES, RELU TOUS LES TÉMOIGNAGES, ÉTUDIÉ LA VIE DE SYLVAK, SES RELATIONS, SON MODE DE VIE. COMPULSÉ DES TONNES DE DOCUMENTS, FOUILLÉ, TRIÉ, INTERROGÉ... ET J'AI FINI PAR TROUVER ! ...
L'INDICE ÉTAIT LÀ, DANS UN DES TIROIRS... PERSONNE N'Y AVAIT ACCORDÉ LA MOINDRE IMPORTANCE... C'ÉTAIT UN DÉPLIANT TOURISTIQUE VANTANT LES QUALITÉS DU VILLAGE DE BOUKENTAL QUI SE TROUVE À UNE DIZAINE DE LIEUES DE YORK-CITY...
ET VOUS Y ÊTES ALLÉ ?
BIEN SÛR ! MAIS AVANT, JE ME SUIS REPLONGÉ DANS LES RELEVÉS DE COMPTE DE SYNORVAN QUI RÉVÉLAIENT DES RETRAITS IMPORTANTS SUR LES QUINZE DERNIERS MOIS. J'AI AINSI RESSORTI UNE FACTURE RELATIVEMENT MODESTE POUR UN ARTISTE COMME LUI, MAIS QUI CONCERNAIT UNE HABITATION SITUÉE AU 21, CYNTERSTREET À YORK CITY...
... J'AI D'ABORD CRU QUE LA MAISON LUI APPARTENAIT, MAIS ELLE ÉTAIT EN FAIT LA PROPRIÉTÉ DE MONSIEUR ET MADAME TOPELDOF. LA FACTURE RÉGLÉE PAR SYNORVAN CONCERNAIT POURTANT DES TRAVAUX EFFECTUÉS SUR LEUR GRILLE DE MAISON...
21
... J'AI INTERROGÉ LES VOISINS QUI M'ONT AFFIRMÉ AVOIR VU UNE PETITE FILLE JOUER RÉGULIÈREMENT DANS LE JARDIN DES TOPELDOF. LA NUIT DE L'INCENDIE, ILS ONT ABANDONNÉ LEUR MAISON ET LEURS BIENS POUR DISPARAÎTRE CORPS ET ÂMES SANS LAISSER LA MOINDRE ADRESSE, NI LE MOINDRE INDICE, À UNE EXCEPTION PRÈS : LE NOUNOURS DE LA PETITE TILLY TROUVÉ DANS CETTE MÊME RUE ! ...
... MAINTENANT QUE VOUS CONNAISSEZ LES FAITS, VOILÀ MA THÉORIE SUR CE QU'IL S'EST RÉELLEMENT PASSÉ... OUVREZ BIEN VOS OREILLES, CAR JE NE LE RÉPÈTERAI PAS...
23

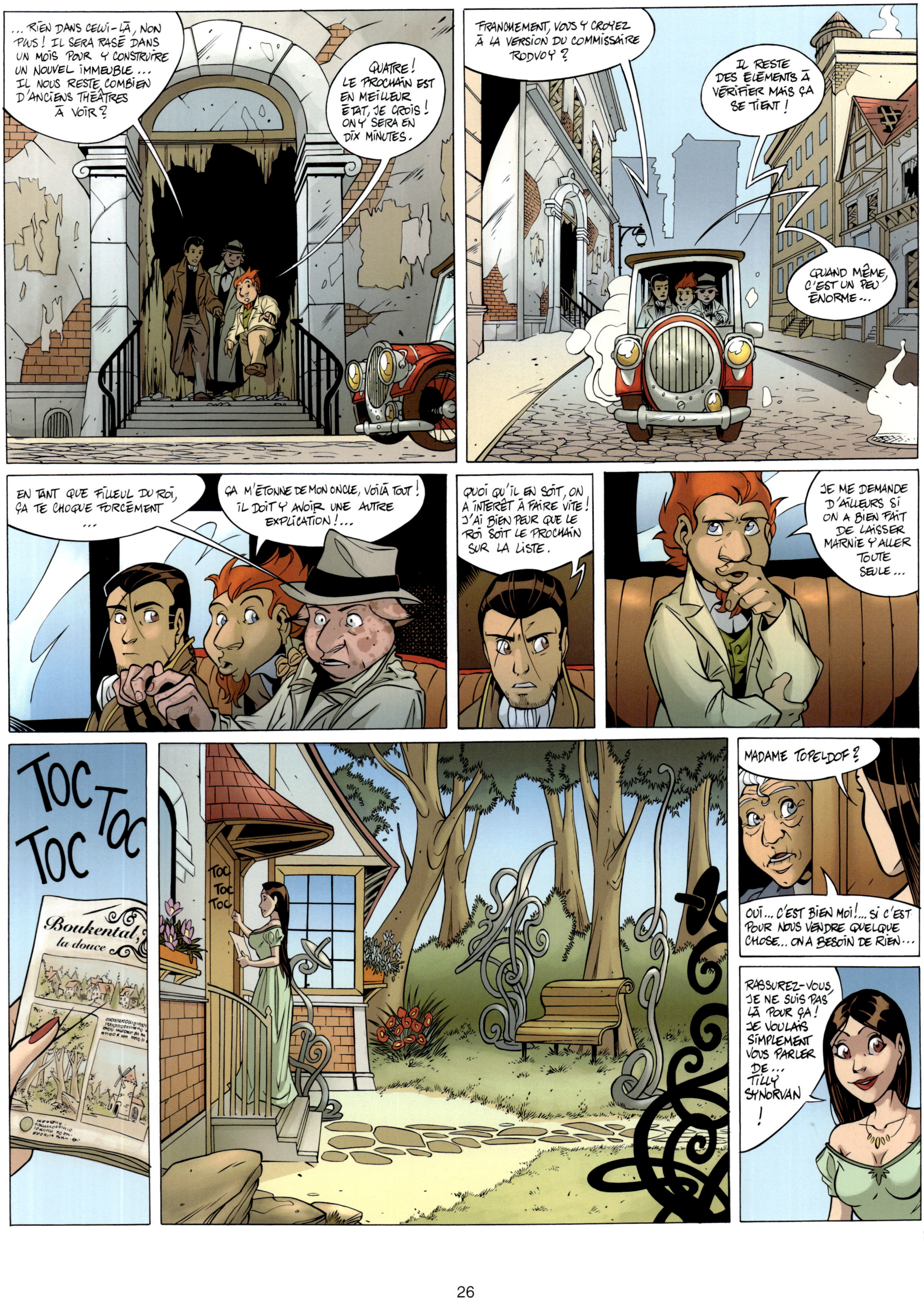
... RIEN DANS CELUI-LÀ, NON PLUS ! IL SERA RASÉ DANS UN MOIS POUR Y CONSTRUIRE UN NOUVEL IMMEUBLE... IL NOUS RESTE COMBIEN D'ANCIENS THÉÂTRES À VOIR ?
QUATRE ! LE PROCHAIN EST EN MEILLEUR ÉTAT, JE CROIS ! ON Y SERA EN DIX MINUTES.
FRANCHEMENT, VOUS Y CROYEZ À LA VERSION DU COMMISSAIRE RODVOY ?
IL RESTE DES ÉLÉMENTS À VÉRIFIER MAIS ÇA SE TIENT !
QUAND MÊME, C'EST UN PEU ÉNORME...
EN TANT QUE FILLEUL DU ROI, ÇA TE CHOQUE FORCÉMENT...
ÇA M'ÉTONNE DE MON ONCLE, VOILÀ TOUT ! IL DOIT Y AVOIR UNE AUTRE EXPLICATION !...
QUOI QU'IL EN SOIT, ON A INTÉRÊT À FAIRE VITE ! J'AI BIEN PEUR QUE LE ROI SOIT LE PROCHAIN SUR LA LISTE.
JE ME DEMANDE D'AILLEURS SI ON A BIEN FAIT DE LAISSER MARNIE Y ALLER TOUTE SEULE...
TOC TOC TOC
Boukental, la douce
TOC TOC TOC
MADAME TOPELDOF ?
OUI... C'EST BIEN MOI !... SI C'EST POUR NOUS VENDRE QUELQUE CHOSE... ON A BESOIN DE RIEN...
RASSUREZ-VOUS, JE NE SUIS PAS LÀ POUR ÇA ! JE VOULAIS SIMPLEMENT VOUS PARLER DE... TILLY SYNORVAN !

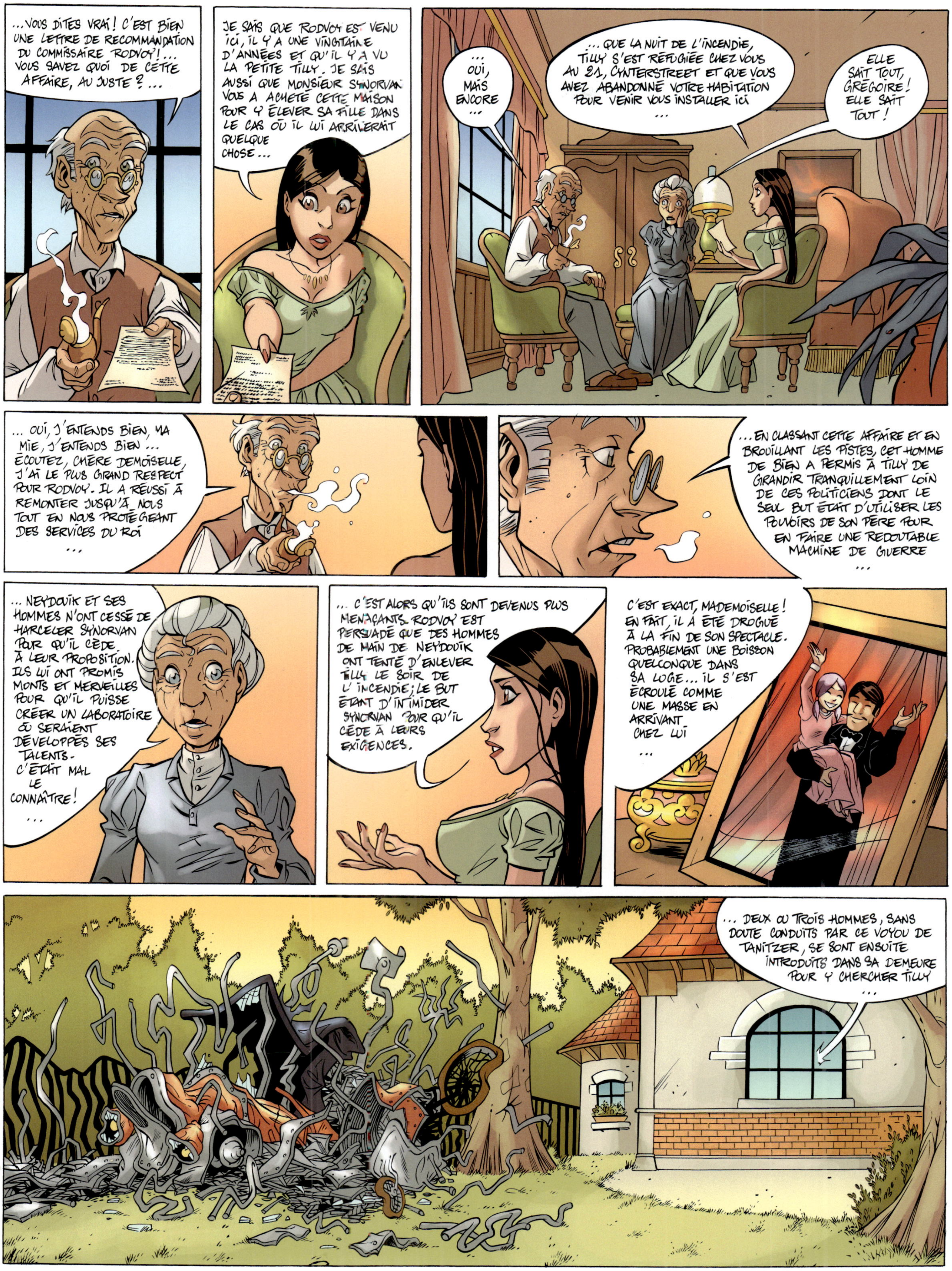
... VOUS DITES VRAI ! C'EST BIEN UNE LETTRE DE RECOMMANDATION DU COMMISSAIRE RODVOY ! ... VOUS SAVEZ QUOI DE CETTE AFFAIRE, AU JUSTE ? ...
JE SAIS QUE RODVOY EST VENU ICI, IL Y A UNE VINGTAINE D'ANNÉES ET QU'IL Y A VU LA PETITE TILLY. JE SAIS AUSSI QUE MONSIEUR SYNORVAN VOUS A ACHETÉ CETTE MAISON POUR Y ÉLEVER SA FILLE DANS LE CAS OÙ IL LUI ARRIVERAIT QUELQUE CHOSE ...
... OUI, MAIS ENCORE
... QUE LA NUIT DE L'INCENDIE, TILLY S'EST RÉFUGIÉE CHEZ VOUS AU 21, CYNTERSTREET ET QUE VOUS AVEZ ABANDONNÉ VOTRE HABITATION POUR VENIR VOUS INSTALLER ICI ...
ELLE SAIT TOUT, GRÉGOIRE ! ELLE SAIT TOUT !
... OUI, J'ENTENDS BIEN, MA MIE, J'ENTENDS BIEN ... ÉCOUTEZ, CHÈRE DEMOISELLE, J'AI LE PLUS GRAND RESPECT POUR RODVOY. IL A RÉUSSI À REMONTER JUSQU'À NOUS TOUT EN NOUS PROTÉGEANT DES SERVICES DU ROI ...
... EN CLASSANT CETTE AFFAIRE ET EN BROUILLANT LES PISTES, CET HOMME DE BIEN A PERMIS À TILLY DE GRANDIR TRANQUILLEMENT LOIN DE CES POLITICIENS DONT LE SEUL BUT ÉTAIT D'UTILISER LES POUVOIRS DE SON PÈRE POUR EN FAIRE UNE REDOUTABLE MACHINE DE GUERRE ...
... NEYDOUIK ET SES HOMMES N'ONT CESSÉ DE HARCELER SYNORVAN POUR QU'IL CÈDE À LEUR PROPOSITION. ILS LUI ONT PROMIS MONTS ET MERVEILLES POUR QU'IL PUISSE CRÉER UN LABORATOIRE OÙ SERAIENT DÉVELOPPÉS SES TALENTS. C'ÉTAIT MAL LE CONNAÎTRE ! ...
... C'EST ALORS QU'ILS SONT DEVENUS PLUS MENAÇANTS. RODVOY EST PERSUADÉ QUE DES HOMMES DE MAIN DE NEYDOUIK ONT TENTÉ D'ENLEVER TILLY LE SOIR DE L'INCENDIE ; LE BUT ÉTANT D'INTIMIDER SYNORVAN POUR QU'IL CÈDE À LEURS EXIGENCES.
C'EST EXACT, MADEMOISELLE ! EN FAIT, IL A ÉTÉ DROGUÉ À LA FIN DE SON SPECTACLE. PROBABLEMENT UNE BOISSON QUELCONQUE DANS SA LOGE ... IL S'EST ÉCROULÉ COMME UNE MASSE EN ARRIVANT CHEZ LUI ...
... DEUX OU TROIS HOMMES, SANS DOUTE CONDUITS PAR CE VOYOU DE TANITZER, SE SONT ENSUITE INTRODUITS DANS SA DEMEURE POUR Y CHERCHER TILLY ...
25

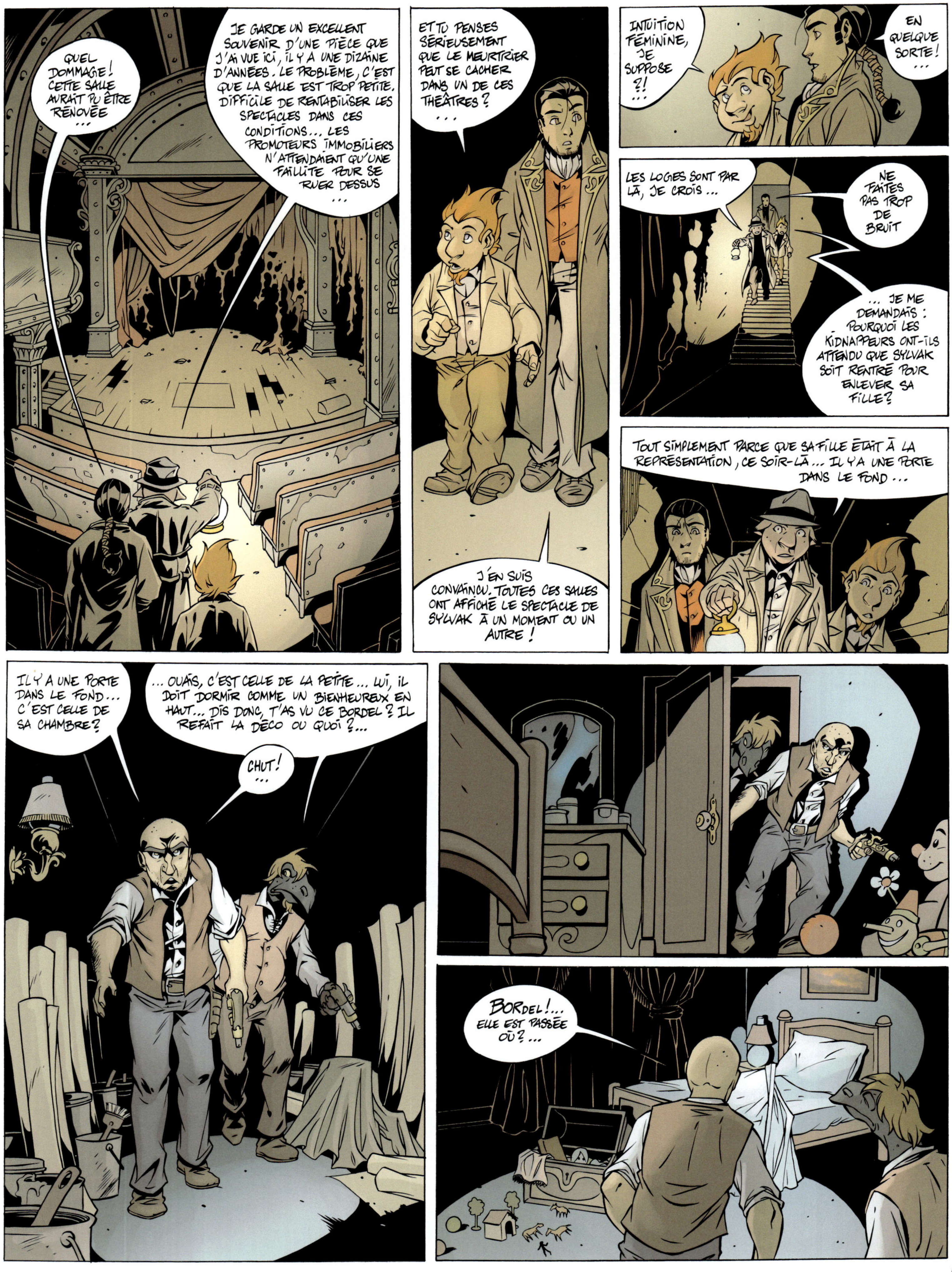
QUEL DOMMAGE ! CETTE SALLE AURAIT PU ÊTRE RÉNOVÉE ...
JE GARDE UN EXCELLENT SOUVENIR D'UNE PIÈCE QUE J'AI VUE ICI, IL Y A UNE DIZAINE D'ANNÉES. LE PROBLÈME, C'EST QUE LA SALLE EST TROP PETITE. DIFFICILE DE RENTABILISER LES SPECTACLES DANS CES CONDITIONS... LES PROMOTEURS IMMOBILIERS N'ATTENDAIENT QU'UNE FAILLITE POUR SE RUER DESSUS ...
ET TU PENSES SÉRIEUSEMENT QUE LE MEURTRIER PEUT SE CACHER DANS UN DE CES THÉÂTRES ? ...
J'EN SUIS CONVAINCU. TOUTES CES SALLES ONT AFFICHÉ LE SPECTACLE DE SYLVAK À UN MOMENT OU UN AUTRE !
INTUITION FÉMININE, JE SUPPOSE ?! ...
EN QUELQUE SORTE ! ...
LES LOGES SONT PAR LÀ, JE CROIS ...
NE FAITES PAS TROP DE BRUIT
... JE ME DEMANDAIS : POURQUOI LES KIDNAPPEURS ONT-ILS ATTENDU QUE SYLVAK SOIT RENTRÉ POUR ENLEVER SA FILLE ?
TOUT SIMPLEMENT PARCE QUE SA FILLE ÉTAIT À LA REPRÉSENTATION, CE SOIR-LÀ... IL Y A UNE PORTE DANS LE FOND ...
IL Y A UNE PORTE DANS LE FOND... C'EST CELLE DE SA CHAMBRE ?
... OUAIS, C'EST CELLE DE LA PETITE... LUI, IL DOIT DORMIR COMME UN BIENHEUREUX EN HAUT... DIS DONC, T'AS VU CE BORDEL ? IL REFAIT LA DÉCO OU QUOI ?...
CHUT ! ...
BORDEL !... ELLE EST PASSÉE OÙ ? ...
26

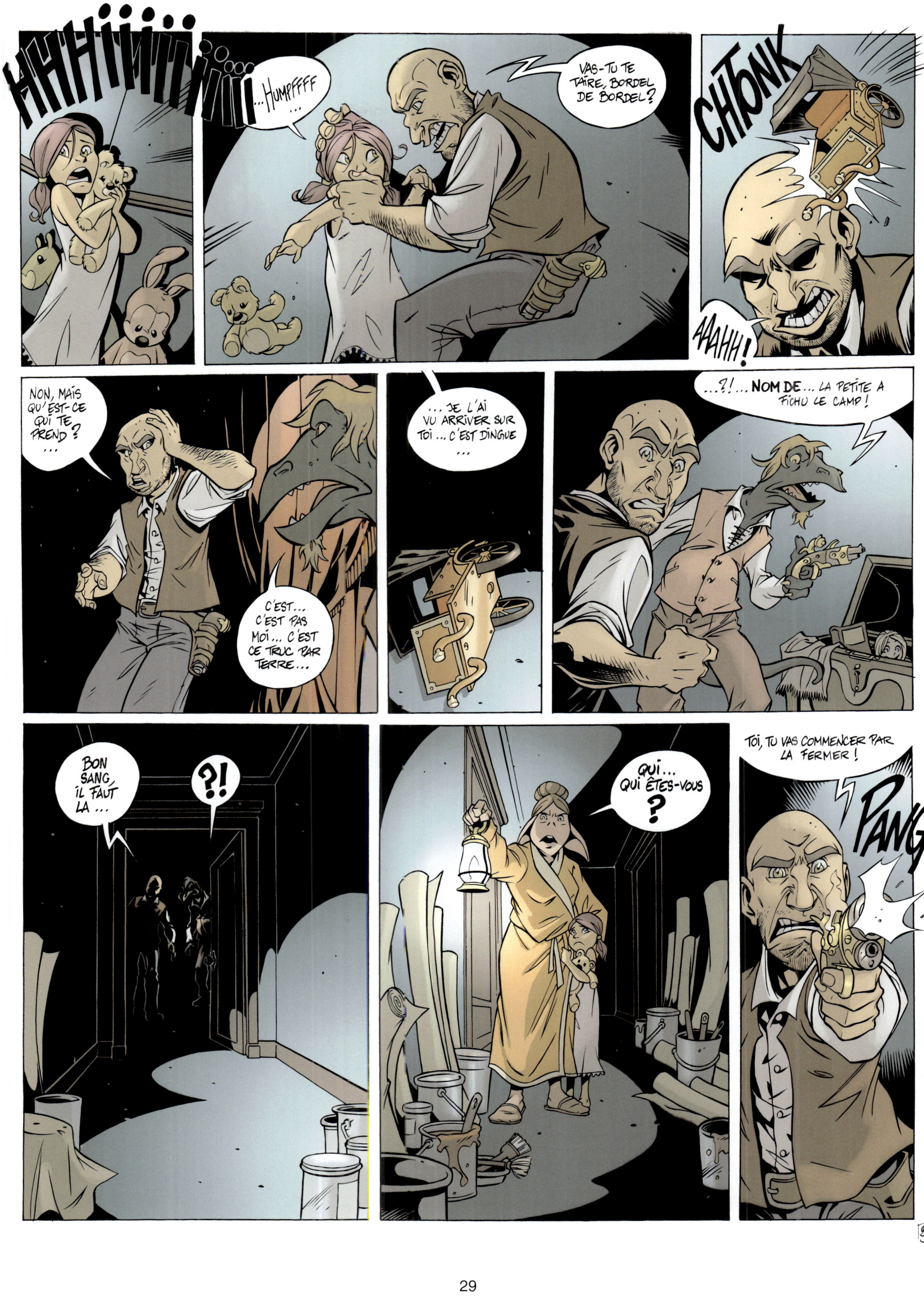
HHHiiiiiiiiiii...
...Humpffff...
Vas-tu te taire, bordel de bordel?
CHTONK
AAAHH!
Non, mais qu'est-ce qui te prend?...
C'est... c'est pas moi... c'est ce truc par terre...
...Je l'ai vu arriver sur toi... c'est dingue...
...?!...NOM DE... la petite a fichu le camp!
Bon sang, il faut la...
?!
Qui... qui êtes-vous?
Toi, tu vas commencer par la fermer!
PANG
27

KLING
FOUSSHH
BORDEL! ...
J'PEUX PAS! J'PEUX PAS! ÇA CHAUFFE TROP!
LAISSE TOMBER! ON SE CASSE PAR LA FENÊTRE DE SA CHAMBRE, VITE! TANT PIS POUR LA PETITE!
...TILLY A ÉTÉ BRÛLÉE LÉGÈREMENT À LA MAIN... L'ESCALIER ÉTANT DÉJÀ LA PROIE DES FLAMMES, ELLE EST VENUE SE RÉFUGIER CHEZ NOUS, COMME SON PÈRE LE LUI AVAIT ORDONNÉ, AU CAS OÙ UN DRAME SE PRODUIRAIT ...
... C'EST EN EFFET À QUELQUES DÉTAILS PRÈS CE QUE NOUS A RACONTÉ LE COMMISSAIRE RODVOY! ...
TENEZ, C'EST TILLY! ELLE A 24 ANS SUR CETTE PHOTO!
JE VOUS EN PRIE, MADEMOISELLE! RETROUVEZ-LA AVANT QU'ELLE NE FASSE DE GROSSES BÊTISES. NOUS AVONS TOUT FAIT POUR LA RETENIR, MAIS ELLE EST ENTÊTÉE. J'ESPÈRE SURTOUT QU'ELLE N'EST PAS RESPONSABLE DE TOUS CES MEURTRES ...
28

REGARDEZ ÇA ! ...
DES ROBES, UNE COMBINAISON ...
ET LÀ-DEDANS ?...
... JE CROIS QU'ON A TOUCHÉ LE GROS LOT !
COMME QUOI ! L'INSTINCT FEM ...
AAAHHH !
CHHUUUUTTT
?! ... QU'EST-CE QU'IL Y A, BELTRAN ?
CHTONK
OUUUMPFF !
PLUS UN GESTE !
ATTENTION, VOUS ALLEZ FINIR PAR BLESSER QUELQU'UN ...
29

?!
RAW
COMMISSAIRE, QU'EST-CE QU'IL VOUS PREND ?
... C'ÉTAIT COMME UNE FORCE ÉNORME... LE COUP EST PARTI TOUT SEUL ...
ELLE CH'ENFUIT !
RATTRAPEZ-LA, CRÉDIOUCHE ! ELLE VA NOUS CHEMER !
INCROYABLE !
ARRÊTEZ-VOUS !
30

CRACK
ATTENCHION, JIM !
BLAOUM
JIM!
JIM?!
...
... ÇA VA... ÇA VA... LES FAUTEUILS M'ONT PROTÉGÉ... SORTEZ-MOI VITE DE LÀ, IL FAUT LA RATTRAPER !
31

?!
ALBERTO, À TOI !
TOP
OUMPF...
JE VOUS L'AVAIS DIT, QU'IL FALLAIT PRENDRE CERTAINES PRÉCAUTIONS AVANT DE CONTRÔLER LE RESTE DES THÉÂTRES ...
BELTON, DITES À VOS HOMMES DE LA TRANSFÉRER AU BUREAU ROYAL ET DE PRÉPARER LA SALLE.
ON A COMBIEN DE TEMPS ENCORE, ALBERTO ?
VU SON GABARIT, IL FAUT COMPTER HUIT HEURES !
JE CROIS QU'ELLE COMMENCE À SE RÉVEILLER...
TOUT LE MONDE EST PRÊT ? ... PLUS RIEN SUR VOUS EN MÉTAL ?...
DANS CE CAS : ENLEVEZ-LUI LA CAGOULE !
... MAIS UN PEU COINCÉ QUAND MÊME !
OH, LE JOLI COMITÉ D'ACCUEIL ! ...
32

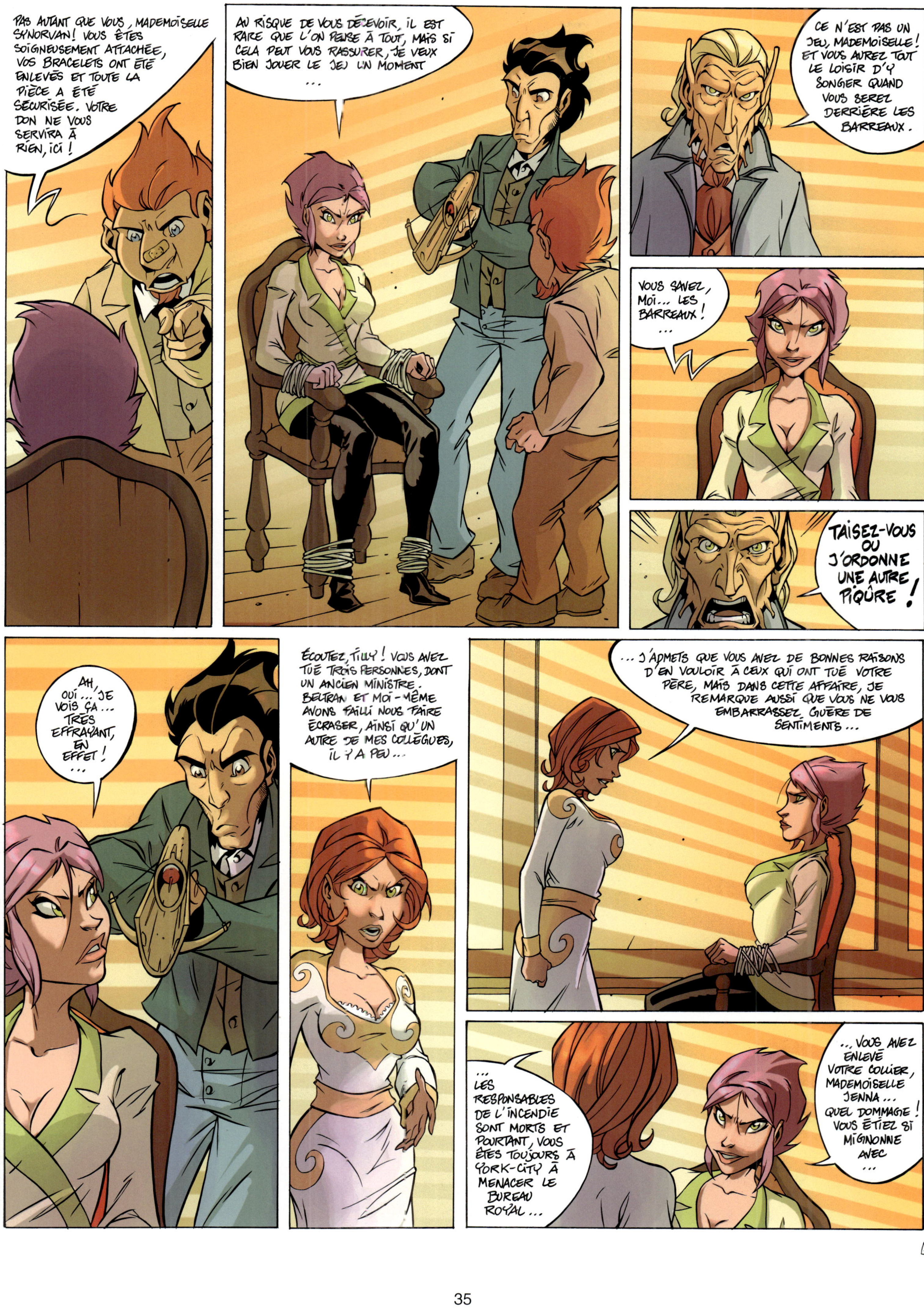

PAS AUTANT QUE VOUS, MADEMOISELLE SYNORVAN! VOUS ÊTES SOIGNEUSEMENT ATTACHÉE, VOS BRACELETS ONT ÉTÉ ENLEVÉS ET TOUTE LA PIÈCE A ÉTÉ SÉCURISÉE. VOTRE DON NE VOUS SERVIRA À RIEN, ICI !
AU RISQUE DE VOUS DÉCEVOIR, IL EST RARE QUE L'ON PENSE À TOUT, MAIS SI CELA PEUT VOUS RASSURER, JE VEUX BIEN JOUER LE JEU UN MOMENT ...
CE N'EST PAS UN JEU, MADEMOISELLE ! ET VOUS AUREZ TOUT LE LOISIR D'Y SONGER QUAND VOUS SEREZ DERRIÈRE LES BARREAUX.
VOUS SAVEZ, MOI... LES BARREAUX ! ...
TAISEZ-VOUS OU J'ORDONNE UNE AUTRE PIQÛRE !
AH, OUI... JE VOIS ÇA... TRÈS EFFRAYANT, EN EFFET ! ...
ÉCOUTEZ, TILLY ! VOUS AVEZ TUÉ TROIS PERSONNES, DONT UN ANCIEN MINISTRE. BELTRAN ET MOI-MÊME AVONS FAILLI NOUS FAIRE ÉCRASER, AINSI QU'UN AUTRE DE MES COLLÈGUES, IL Y A PEU...
... J'ADMETS QUE VOUS AVEZ DE BONNES RAISONS D'EN VOULOIR À CEUX QUI ONT TUÉ VOTRE PÈRE, MAIS DANS CETTE AFFAIRE, JE REMARQUE AUSSI QUE VOUS NE VOUS EMBARRASSEZ GUÈRE DE SENTIMENTS ...
... LES RESPONSABLES DE L'INCENDIE SONT MORTS ET POURTANT, VOUS ÊTES TOUJOURS À YORK-CITY À MENACER LE BUREAU ROYAL ...
... VOUS AVEZ ENLEVÉ VOTRE COLLIER, MADEMOISELLE JENNA... QUEL DOMMAGE ! VOUS ÉTIEZ SI MIGNONNE AVEC ...
33

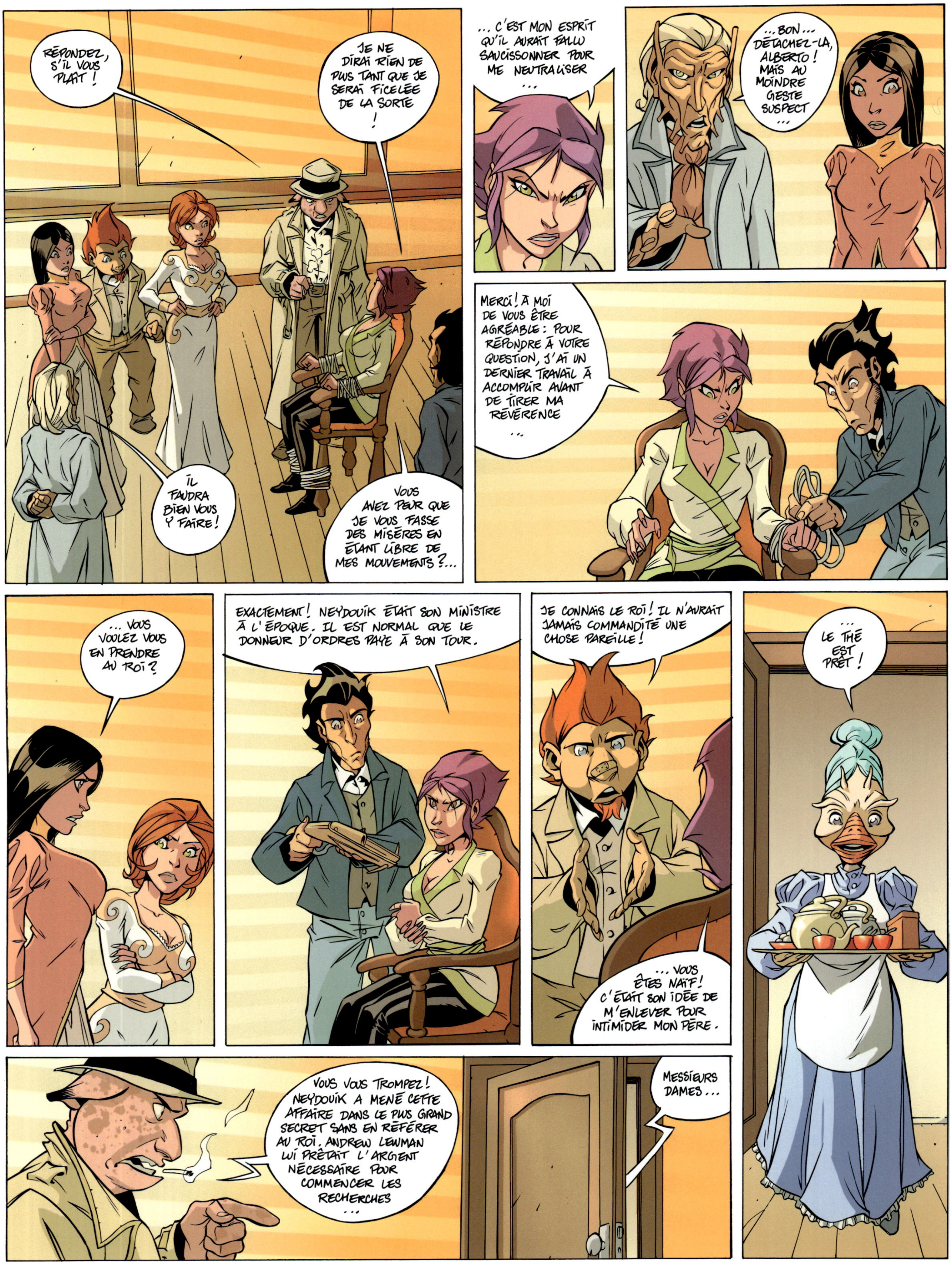
Répondez, s'il vous plaît !
Je ne dirai rien de plus tant que je serai ficelée de la sorte !
Il faudra bien vous y faire !
Vous avez peur que je vous fasse des misères en étant libre de mes mouvements ?...
... C'est mon esprit qu'il aurait fallu saucissonner pour me neutraliser ...
... Bon... Détachez-la, Alberto ! Mais au moindre geste suspect ...
Merci ! À moi de vous être agréable : pour répondre à votre question, j'ai un dernier travail à accomplir avant de tirer ma révérence ...
... Vous voulez vous en prendre au roi ?
Exactement ! Neydouik était son ministre à l'époque. Il est normal que le donneur d'ordres paye à son tour.
Je connais le roi ! Il n'aurait jamais commandité une chose pareille !
... Vous êtes naïf ! C'était son idée de m'enlever pour intimider mon père.
... Le thé est prêt !
Vous vous trompez ! Neydouik a mené cette affaire dans le plus grand secret sans en référer au roi. Andrew Lewman lui prêtait l'argent nécessaire pour commencer les recherches ...
Messieurs dames...
34

?!... QUI ÊTES-VOUS ? QUI VOUS A DIT D'ENTRER ?
JE SUIS LA STAGIAIRE... C'EST L'USAGE, M'A-T-ON DIT...
... POUR TOUTES LES RÉUNIONS !
OH !
CRASH
BLANG
KIKING
TONG
OUMPF !
TCHAC
ATTEN...
TOPF
?!
35

ET MAINTENANT, MESDAMES ET MESSIEURS : LE CLOU DU SPECTACLE . . .
TOMB
À TRÈS BIENTÔT !
?! ...
ARRÊTEZ-LA !
KKRRRAASSSHH
MAMAN, MAMAN ! J'EN VEUX UN COMME ÇA ! J'EN VEUX UN COMME ÇA !
36

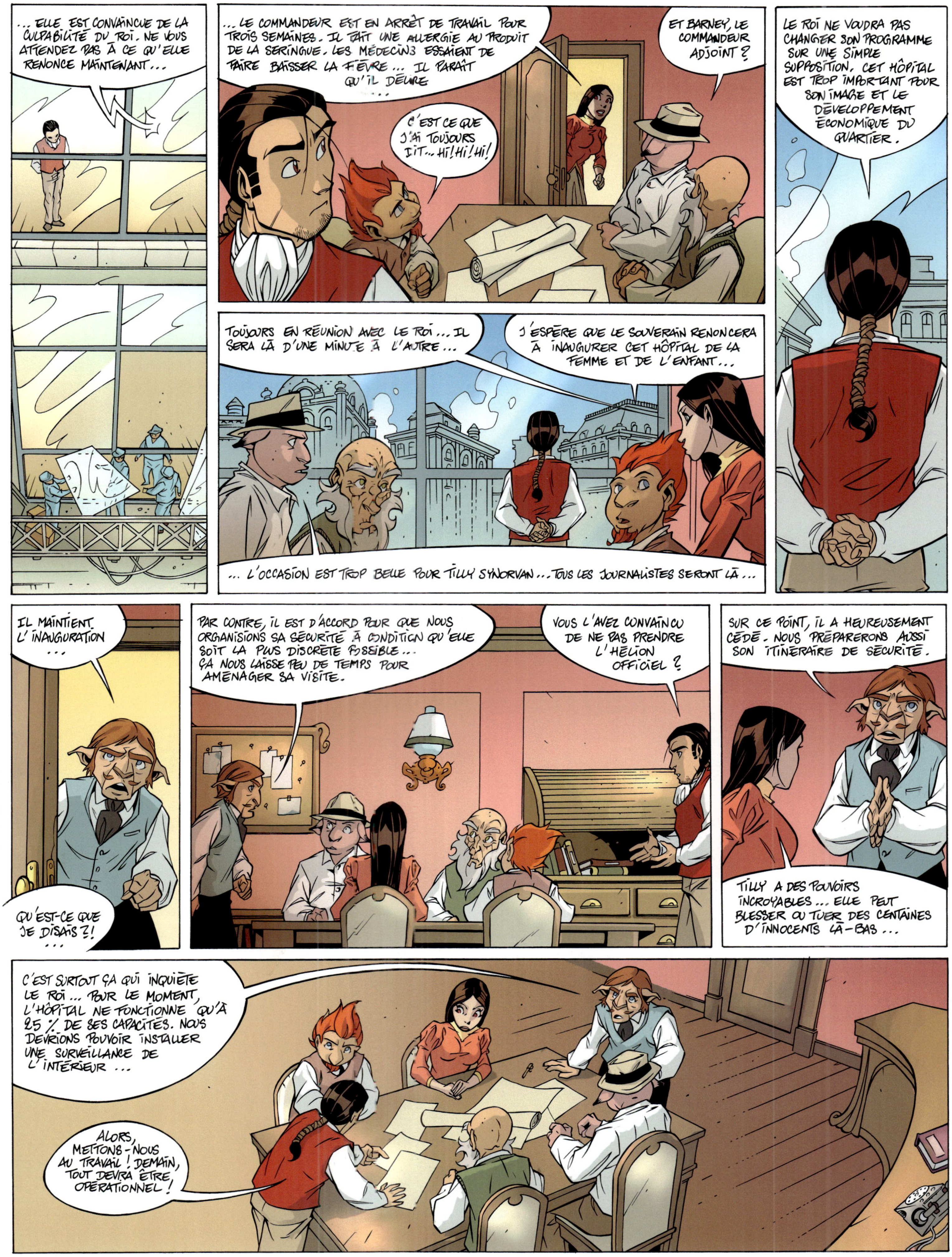
... ELLE EST CONVAINCUE DE LA CULPABILITÉ DU ROI. NE VOUS ATTENDEZ PAS À CE QU'ELLE RENONCE MAINTENANT...
... LE COMMANDEUR EST EN ARRÊT DE TRAVAIL POUR TROIS SEMAINES. IL FAIT UNE ALLERGIE AU PRODUIT DE LA SERINGUE. LES MÉDECINS ESSAIENT DE FAIRE BAISSER LA FIÈVRE... IL PARAÎT QU'IL DÉLIRE...
C'EST CE QUE J'AI TOUJOURS DIT... HI! HI! HI!
ET BARNEY, LE COMMANDEUR ADJOINT ?
LE ROI NE VOUDRA PAS CHANGER SON PROGRAMME SUR UNE SIMPLE SUPPOSITION. CET HÔPITAL EST TROP IMPORTANT POUR SON IMAGE ET LE DÉVELOPPEMENT ÉCONOMIQUE DU QUARTIER.
TOUJOURS EN RÉUNION AVEC LE ROI... IL SERA LÀ D'UNE MINUTE À L'AUTRE...
J'ESPÈRE QUE LE SOUVERAIN RENONCERA À INAUGURER CET HÔPITAL DE LA FEMME ET DE L'ENFANT...
... L'OCCASION EST TROP BELLE POUR TILLY SYNORVAN... TOUS LES JOURNALISTES SERONT LÀ...
IL MAINTIENT L'INAUGURATION...
QU'EST-CE QUE JE DISAIS ?! ...
PAR CONTRE, IL EST D'ACCORD POUR QUE NOUS ORGANISIONS SA SÉCURITÉ À CONDITION QU'ELLE SOIT LA PLUS DISCRÈTE POSSIBLE... ÇA NOUS LAISSE PEU DE TEMPS POUR AMÉNAGER SA VISITE.
VOUS L'AVEZ CONVAINCU DE NE PAS PRENDRE L'HÉLION OFFICIEL ?
SUR CE POINT, IL A HEUREUSEMENT CÉDÉ. NOUS PRÉPARERONS AUSSI SON ITINÉRAIRE DE SÉCURITÉ.
TILLY A DES POUVOIRS INCROYABLES... ELLE PEUT BLESSER OU TUER DES CENTAINES D'INNOCENTS LÀ-BAS...
C'EST SURTOUT ÇA QUI INQUIÈTE LE ROI... POUR LE MOMENT, L'HÔPITAL NE FONCTIONNE QU'À 25 % DE SES CAPACITÉS. NOUS DEVRIONS POUVOIR INSTALLER UNE SURVEILLANCE DE L'INTÉRIEUR...
ALORS, METTONS-NOUS AU TRAVAIL ! DEMAIN, TOUT DEVRA ÊTRE OPÉRATIONNEL !
37

?!
BRAOUM
KLIK

QU'EST-CE QUE ÇA VEUT DIRE ?
?
39

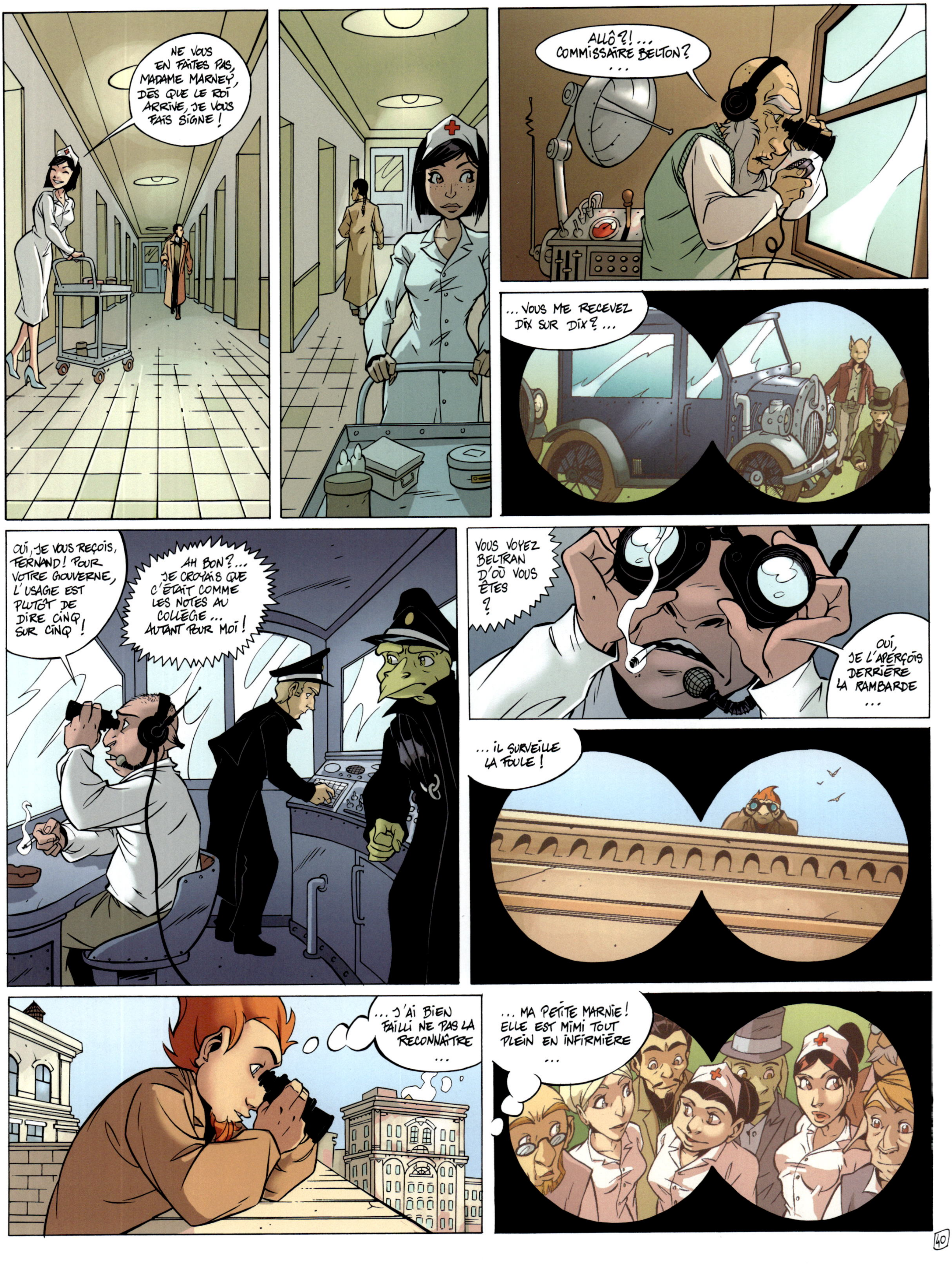
NE VOUS EN FAITES PAS, MADAME MARNEY, DÈS QUE LE ROI ARRIVE, JE VOUS FAIS SIGNE !
ALLÔ ?! ... COMMISSAIRE BELTON ? ...
... VOUS ME RECEVEZ DIX SUR DIX ? ...
OUI, JE VOUS REÇOIS, FERNAND ! POUR VOTRE GOUVERNE, L'USAGE EST PLUTÔT DE DIRE CINQ SUR CINQ !
AH BON ?... JE CROYAIS QUE C'ÉTAIT COMME LES NOTES AU COLLÈGE... AUTANT POUR MOI !
VOUS VOYEZ BELTRAN D'OÙ VOUS ÊTES ?
OUI, JE L'APERÇOIS DERRIÈRE LA RAMBARDE ...
... IL SURVEILLE LA FOULE !
... J'AI BIEN FAILLI NE PAS LA RECONNAÎTRE ...
... MA PETITE MARNIE ! ELLE EST MIMI TOUT PLEIN EN INFIRMIÈRE ...
40

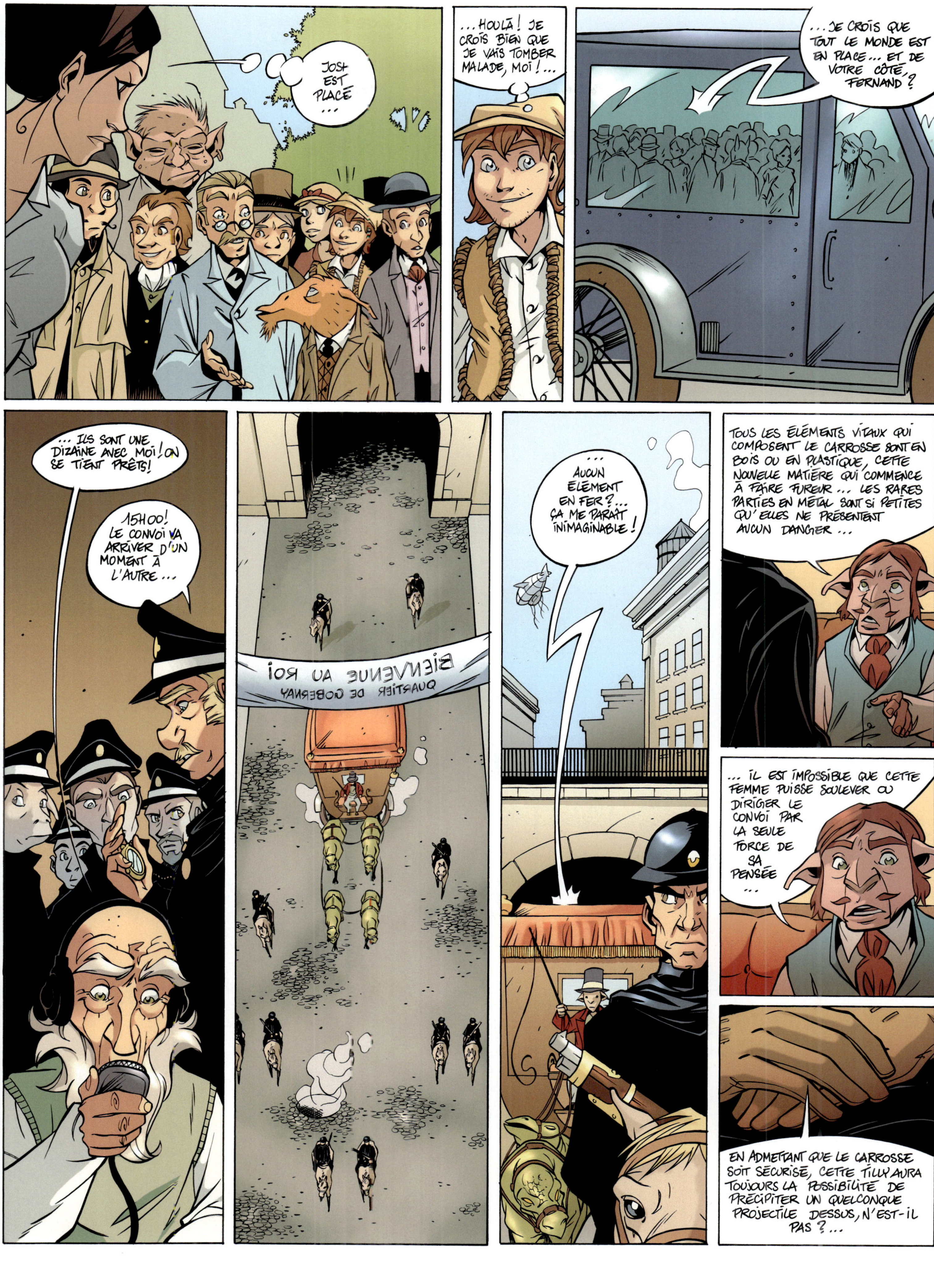
JOST EST PLACÉ ...
... HOULÀ ! JE CROIS BIEN QUE JE VAIS TOMBER MALADE, MOI ! ...
... JE CROIS QUE TOUT LE MONDE EST EN PLACE ... ET DE VOTRE CÔTÉ, FERNAND ?
... ILS SONT UNE DIZAINE AVEC MOI ! ON SE TIENT PRÊTS !
15H00 ! LE CONVOI VA ARRIVER D'UN MOMENT À L'AUTRE ...
BIENVENUE AU ROI
QUARTIER DE GOBERNAY
... AUCUN ÉLÉMENT EN FER ? ... ÇA ME PARAÎT INIMAGINABLE !
TOUS LES ÉLÉMENTS VITAUX QUI COMPOSENT LE CARROSSE SONT EN BOIS OU EN PLASTIQUE, CETTE NOUVELLE MATIÈRE QUI COMMENCE À FAIRE FUREUR ... LES RARES PARTIES EN MÉTAL SONT SI PETITES QU'ELLES NE PRÉSENTENT AUCUN DANGER ...
... IL EST IMPOSSIBLE QUE CETTE FEMME PUISSE SOULEVER OU DIRIGER LE CONVOI PAR LA SEULE FORCE DE SA PENSÉE ...
EN ADMETTANT QUE LE CARROSSE SOIT SÉCURISÉ, CETTE TILLY AURA TOUJOURS LA POSSIBILITÉ DE PRÉCIPITER UN QUELCONQUE PROJECTILE DESSUS, N'EST-IL PAS ? ...

41

JE VOUS L'AI DIT, VOTRE MAJESTÉ : DANS CE CAS PRÉCIS, IL EST IMPOSSIBLE D'ASSURER VOTRE PROTECTION À 100%. NOUS SOMMES FACE À UNE MENACE TOUT À FAIT INHABITUELLE...
... JE RESPECTE VOTRE DÉCISION, VOTRE MAJESTÉ, MAIS ELLE VOUS FAIT COURIR UN RISQUE ÉNORME... ET INUTILE. IL EST ENCORE TEMPS DE RENONCER !
J'AIME VOTRE FRANCHISE, BARNEY ! TOUT VA BIEN SE PASSER, VOUS VERREZ !
ATTENTION : LE ROI VA DESCENDRE !
VIVE LE ROI !
VIVE LE ROI !
MESDAMES ET MESSIEURS, SA MAJESTÉ LE ROI !
VE
VIVE LE ROI ! VIVE LE ROI !
CLAP CLAP CLAP CLAP CLAP CLAP CLAP CLAP
VESTIAIRE
... ABSOLUMENT VÉRIFIER TOUTES LES CHAMBRES ...
42

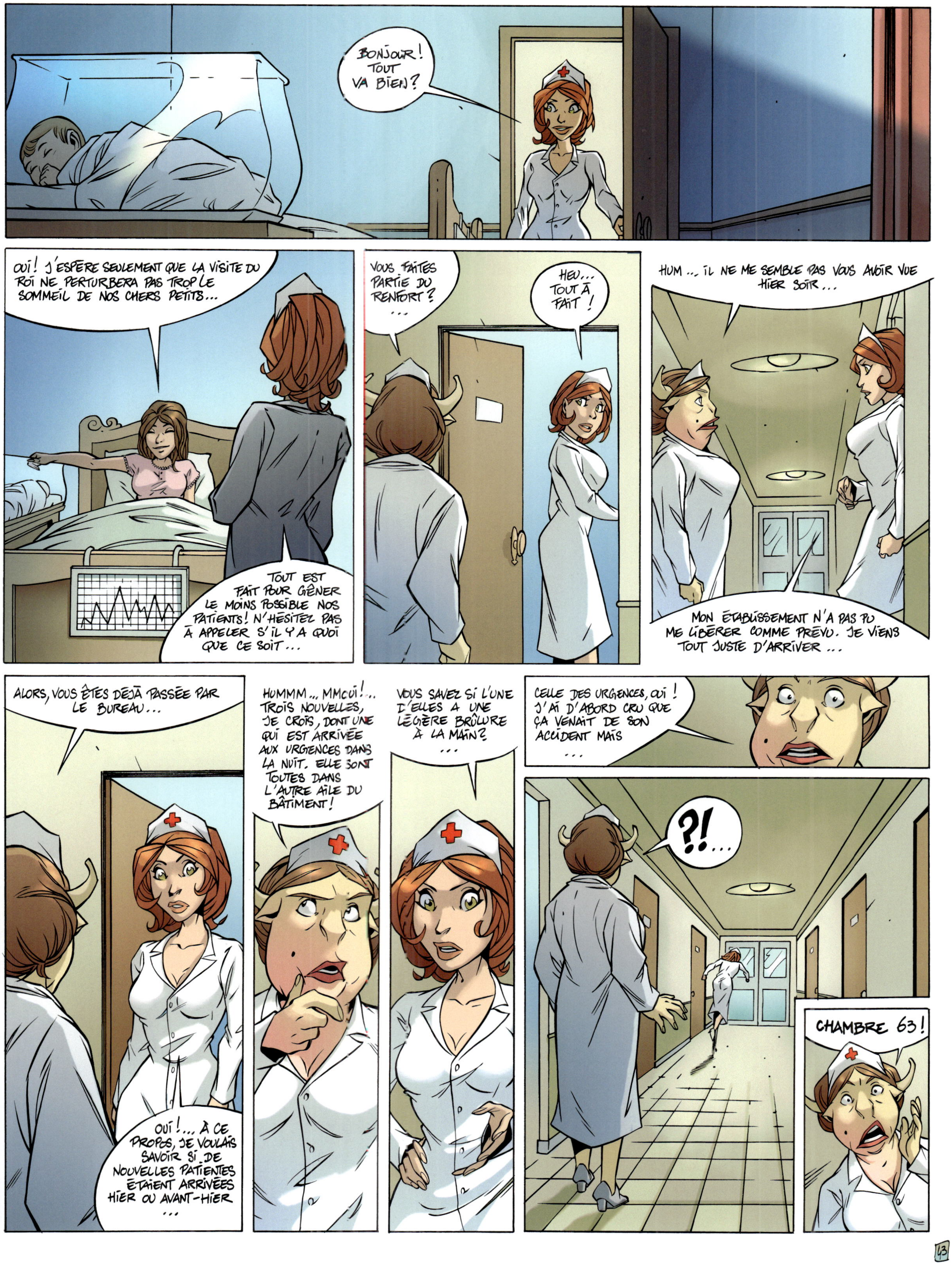
BONJOUR ! TOUT VA BIEN ?
OUI ! J'ESPÈRE SEULEMENT QUE LA VISITE DU ROI NE PERTURBERA PAS TROP LE SOMMEIL DE NOS CHERS PETITS...
TOUT EST FAIT POUR GÊNER LE MOINS POSSIBLE NOS PATIENTS ! N'HÉSITEZ PAS À APPELER S'IL Y A QUOI QUE CE SOIT...
VOUS FAITES PARTIE DU RENFORT ? ...
HEU... TOUT À FAIT !
HUM ... IL NE ME SEMBLE PAS VOUS AVOIR VUE HIER SOIR ...
MON ÉTABLISSEMENT N'A PAS PU ME LIBÉRER COMME PRÉVU. JE VIENS TOUT JUSTE D'ARRIVER ...
ALORS, VOUS ÊTES DÉJÀ PASSÉE PAR LE BUREAU...
OUI !... À CE PROPOS, JE VOULAIS SAVOIR SI DE NOUVELLES PATIENTES ÉTAIENT ARRIVÉES HIER OU AVANT-HIER ...
HUMMM... MMOUI !.. TROIS NOUVELLES, JE CROIS, DONT UNE QUI EST ARRIVÉE AUX URGENCES DANS LA NUIT. ELLES SONT TOUTES DANS L'AUTRE AILE DU BÂTIMENT !
VOUS SAVEZ SI L'UNE D'ELLES A UNE LÉGÈRE BRÛLURE À LA MAIN ? ...
CELLE DES URGENCES, OUI ! J'AI D'ABORD CRU QUE ÇA VENAIT DE SON ACCIDENT MAIS ...
?!...
CHAMBRE 63 !
43

63
... BONNE SIESTE, MA DOUCE JENNA !
HUMPFFF
TCHAC
LONGUE VIE À CE SUBLIME HÔPITAL DE LA FEMME ET DE L'ENFANT !
CLAP
CLAP
CLAP
44

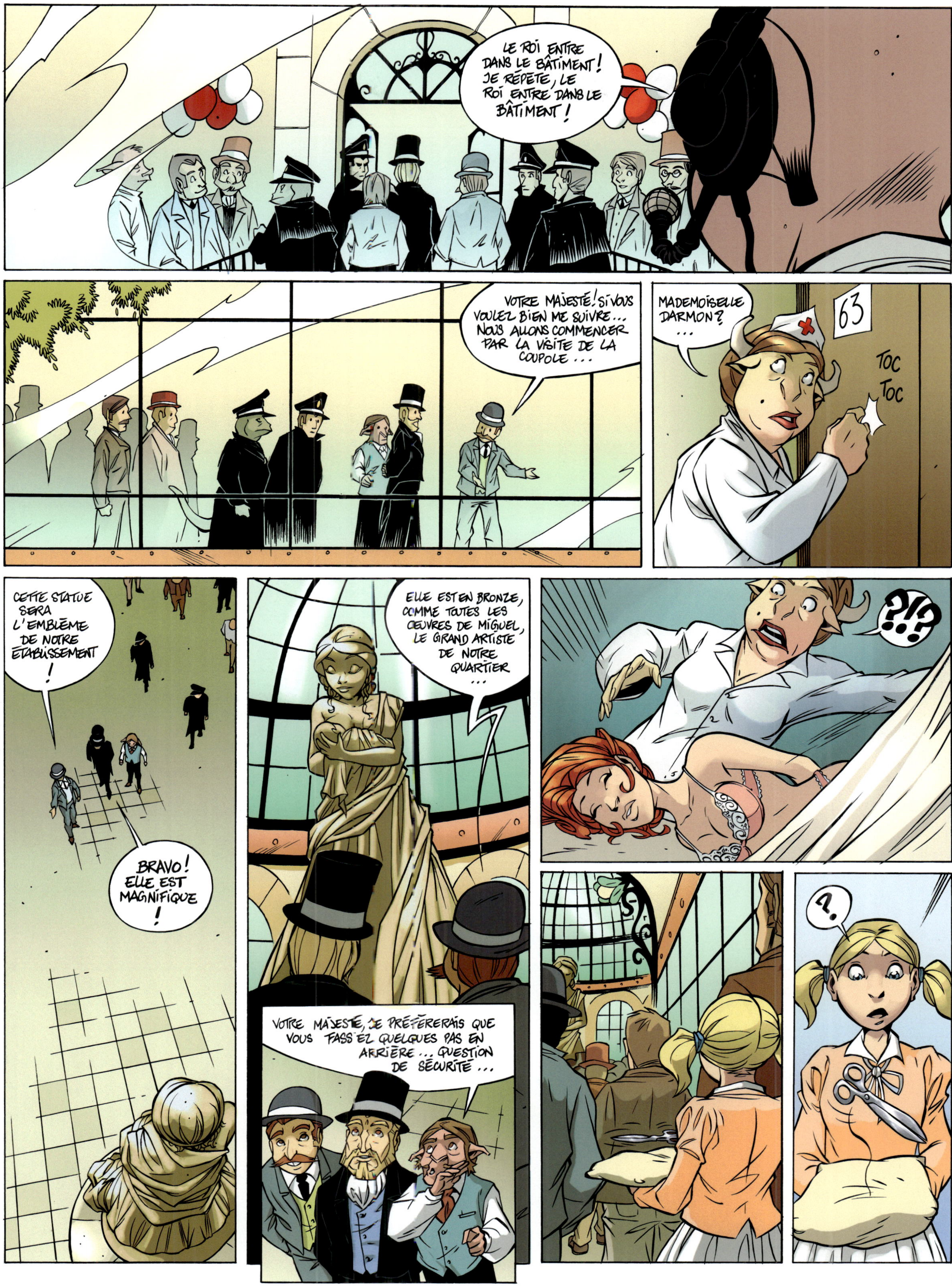
LE ROI ENTRE DANS LE BÂTIMENT ! JE RÉPÈTE, LE ROI ENTRE DANS LE BÂTIMENT !
VOTRE MAJESTÉ ! SI VOUS VOULEZ BIEN ME SUIVRE... NOUS ALLONS COMMENCER PAR LA VISITE DE LA COUPOLE...
MADEMOISELLE DARMON ? ...
63
TOC TOC
CETTE STATUE SERA L'EMBLÈME DE NOTRE ÉTABLISSEMENT !
BRAVO ! ELLE EST MAGNIFIQUE !
ELLE EST EN BRONZE, COMME TOUTES LES ŒUVRES DE MIGUEL, LE GRAND ARTISTE DE NOTRE QUARTIER...
VOTRE MAJESTÉ, JE PRÉFÉRERAIS QUE VOUS FASSIEZ QUELQUES PAS EN ARRIÈRE... QUESTION DE SÉCURITÉ...
?!?
?
45

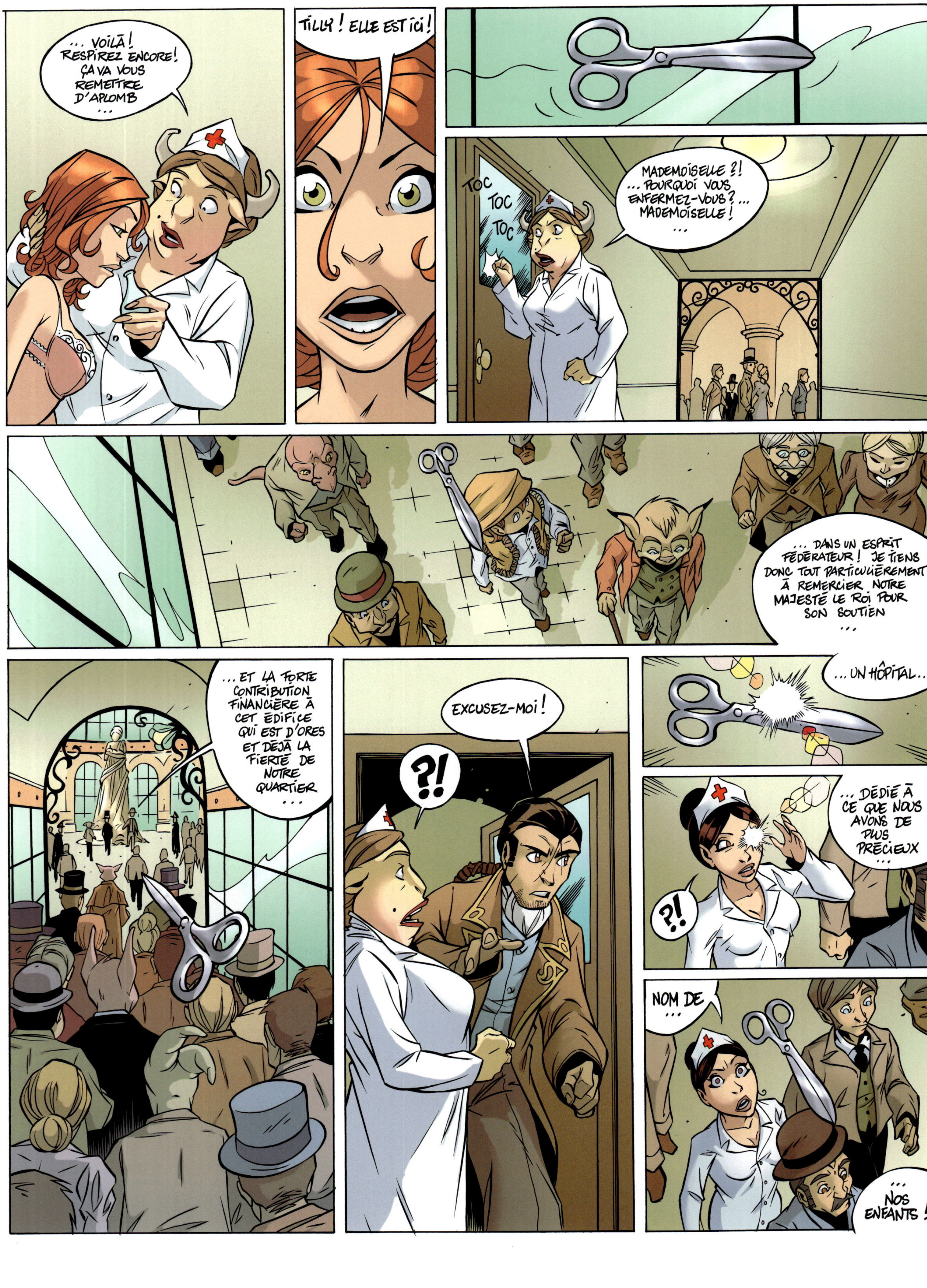
... VOILÀ ! RESPIREZ ENCORE ! ÇA VA VOUS REMETTRE D'APLOMB ...
TILLY ! ELLE EST ICI !
TOC TOC TOC
MADEMOISELLE ?! ... POURQUOI VOUS ENFERMEZ-VOUS ? ... MADEMOISELLE ! ...
... DANS UN ESPRIT FÉDÉRATEUR ! JE TIENS DONC TOUT PARTICULIÈREMENT À REMERCIER NOTRE MAJESTÉ LE ROI POUR SON SOUTIEN ...
... ET LA FORTE CONTRIBUTION FINANCIÈRE À CET ÉDIFICE QUI EST D'ORES ET DÉJÀ LA FIERTÉ DE NOTRE QUARTIER ...
EXCUSEZ-MOI !
?!
... UN HÔPITAL ...
... DÉDIÉ À CE QUE NOUS AVONS DE PLUS PRÉCIEUX ...
?!
NOM DE ...
... NOS ENFANTS !
46

SCHOUUF
MAJESTÉ ! BAISSEZ-VOUS !
TONK
TILLY !
CRING
BLIMM
ATTENTION !
AAAAAAAHHHHH
SHTLiNNG
QU'EST-CE QUE C'EST ?
ENVOYEZ LES RENFORTS ! ALLEZ ! ALLEZ !
ON DESCEND !
SORTEZ TOUS ! SORTEZ TOUS !
47

AU SECOURS... MA JAMBE... AIDEZ-MOI ! ...
JE M'OCCUPE DE VOUS, MADAME ! NE BOUGEZ PAS !
BLONG
NE LA LAISSEZ PAS S'ENFUIR !
BLAOUM
NOM DE...
?
TCHAC
TCHAC
TCHAC
48

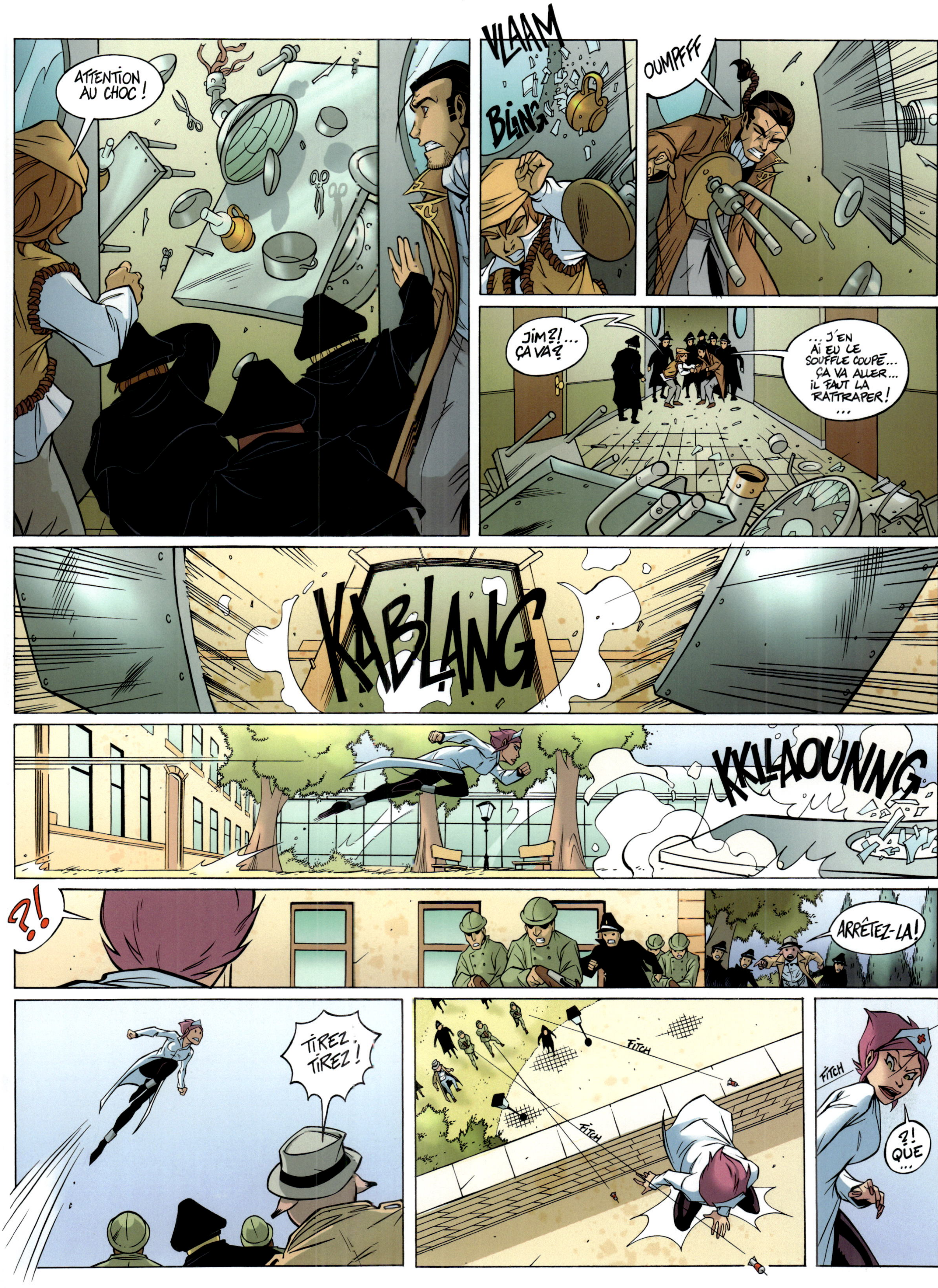
ATTENTION AU CHOC !
VLAAM
BLING
OUMPFFF
JIM ?! ... ÇA VA ?
... J'EN AI EU LE SOUFFLE COUPÉ... ÇA VA ALLER... IL FAUT LA RATTRAPER ! ...
KABLANG
KKLLAOUNNG
?!
ARRÊTEZ-LA !
TIREZ TIREZ !
FITCH
FITCH
FITCH
?! QUE ...
49

YYYAAAAA
OUMPFFF ...
TENEZ-VOUS PRÊTS À TIRER !
PROUTCH
BEAU TRAVAIL, BELTRAN !
AVEC UN PEU DE CHANCE, L'EAU DEVRAIT FAIRE BARRIÈRE À SES POUVOIRS ...
COMMISSAIRE, REGARDEZ !
MANQUAIT PLUS QUE ÇA !
50

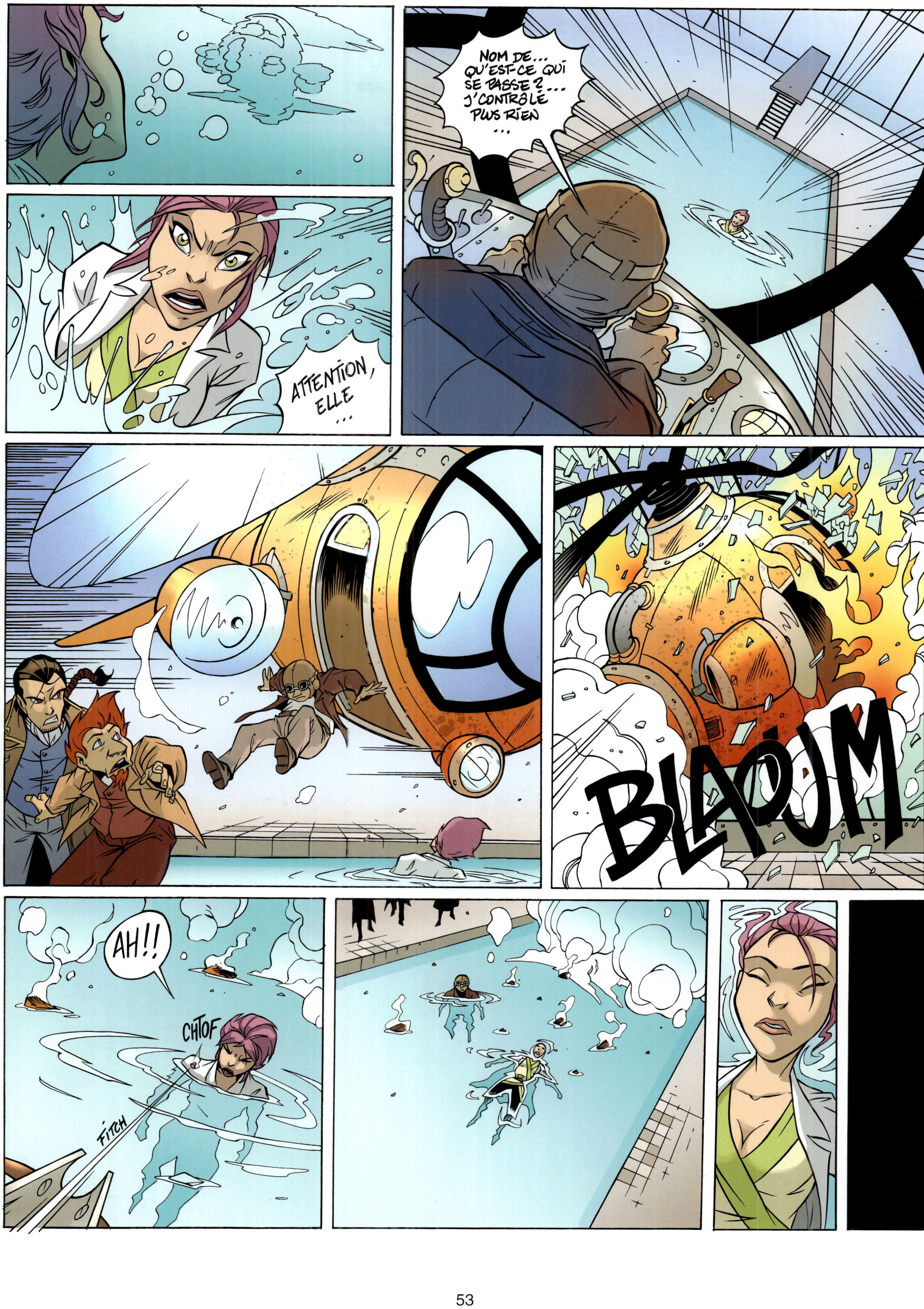
NOM DE... QU'EST-CE QUI SE PASSE ?... J'CONTRÔLE PLUS RIEN ...
ATTENTION, ELLE ...
BLAOUM
AH!!
CHTOF
FITCH

51

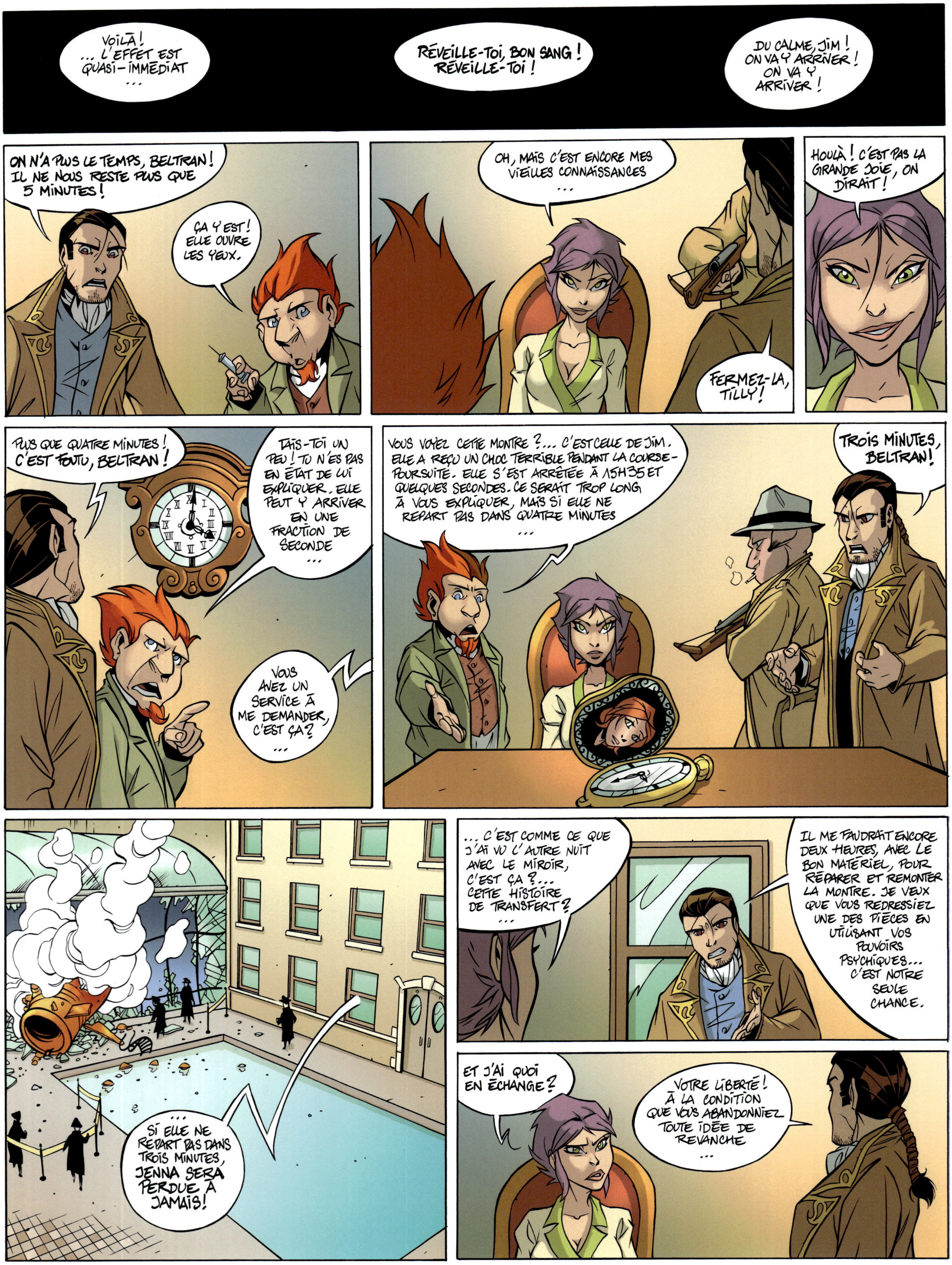
VOILÀ ! ... L'EFFET EST QUASI-IMMÉDIAT ...
RÉVEILLE-TOI, BON SANG ! RÉVEILLE-TOI !
DU CALME, JIM ! ON VA Y ARRIVER ! ON VA Y ARRIVER !
ON N'A PLUS LE TEMPS, BELTRAN ! IL NE NOUS RESTE PLUS QUE 5 MINUTES !
ÇA Y EST ! ELLE OUVRE LES YEUX.
OH, MAIS C'EST ENCORE MES VIEILLES CONNAISSANCES ...
FERMEZ-LA, TILLY !
HOULÀ ! C'EST PAS LA GRANDE JOIE, ON DIRAIT !
PLUS QUE QUATRE MINUTES ! C'EST FOUTU, BELTRAN !
TAIS-TOI UN PEU ! TU N'ES PAS EN ÉTAT DE LUI EXPLIQUER. ELLE PEUT Y ARRIVER EN UNE FRACTION DE SECONDE ...
VOUS AVEZ UN SERVICE À ME DEMANDER, C'EST ÇA ? ...
VOUS VOYEZ CETTE MONTRE ?... C'EST CELLE DE JIM. ELLE A REÇU UN CHOC TERRIBLE PENDANT LA COURSE-POURSUITE. ELLE S'EST ARRÊTÉE À 15H35 ET QUELQUES SECONDES. CE SERAIT TROP LONG À VOUS EXPLIQUER, MAIS SI ELLE NE REPART PAS DANS QUATRE MINUTES ...
TROIS MINUTES, BELTRAN !
... SI ELLE NE REPART PAS DANS TROIS MINUTES, JENNA SERA PERDUE À JAMAIS !
... C'EST COMME CE QUE J'AI VU L'AUTRE NUIT AVEC LE MIROIR, C'EST ÇA ?... CETTE HISTOIRE DE TRANSFERT ? ...
IL ME FAUDRAIT ENCORE DEUX HEURES, AVEC LE BON MATÉRIEL, POUR RÉPARER ET REMONTER LA MONTRE. JE VEUX QUE VOUS REDRESSIEZ UNE DES PIÈCES EN UTILISANT VOS POUVOIRS PSYCHIQUES... C'EST NOTRE SEULE CHANCE.
ET J'AI QUOI EN ÉCHANGE ?
VOTRE LIBERTÉ ! À LA CONDITION QUE VOUS ABANDONNIEZ TOUTE IDÉE DE REVANCHE ...
52

... ET ILS SONT D'ACCORD AU BUREAU ROYAL ? ...
J'EN PRENDS LA RESPONSABILITÉ !
ALORS ADMETTONS ! ...
C'EST LA PETITE PIÈCE À CÔTÉ DE LA ROUE À CRANS... ELLE DOIT ÊTRE TORDUE EN PLUSIEURS ENDROITS... ELLE BLOQUE LE MÉCANISME...
OK ! JE VOIS !...
... PLUS QU'UNE MINUTE TRENTE !...
CE SERA SUFFISANT... JUSTE UNE QUESTION DE DOSAGE ...
VOUS AVEZ RÉUSSI !!
VITE ! LE CADRAN À POSER, MAINTENANT ! ...
CLAC
... ELLE... ELLE MARCHE !
MERCI DE TOUT CŒUR, TILLY ! MERCI MILLE FOIS !... LE COMMISSAIRE BELTON VA FAIRE DIVERSION POUR VOUS PERMETTRE DE PARTIR ...

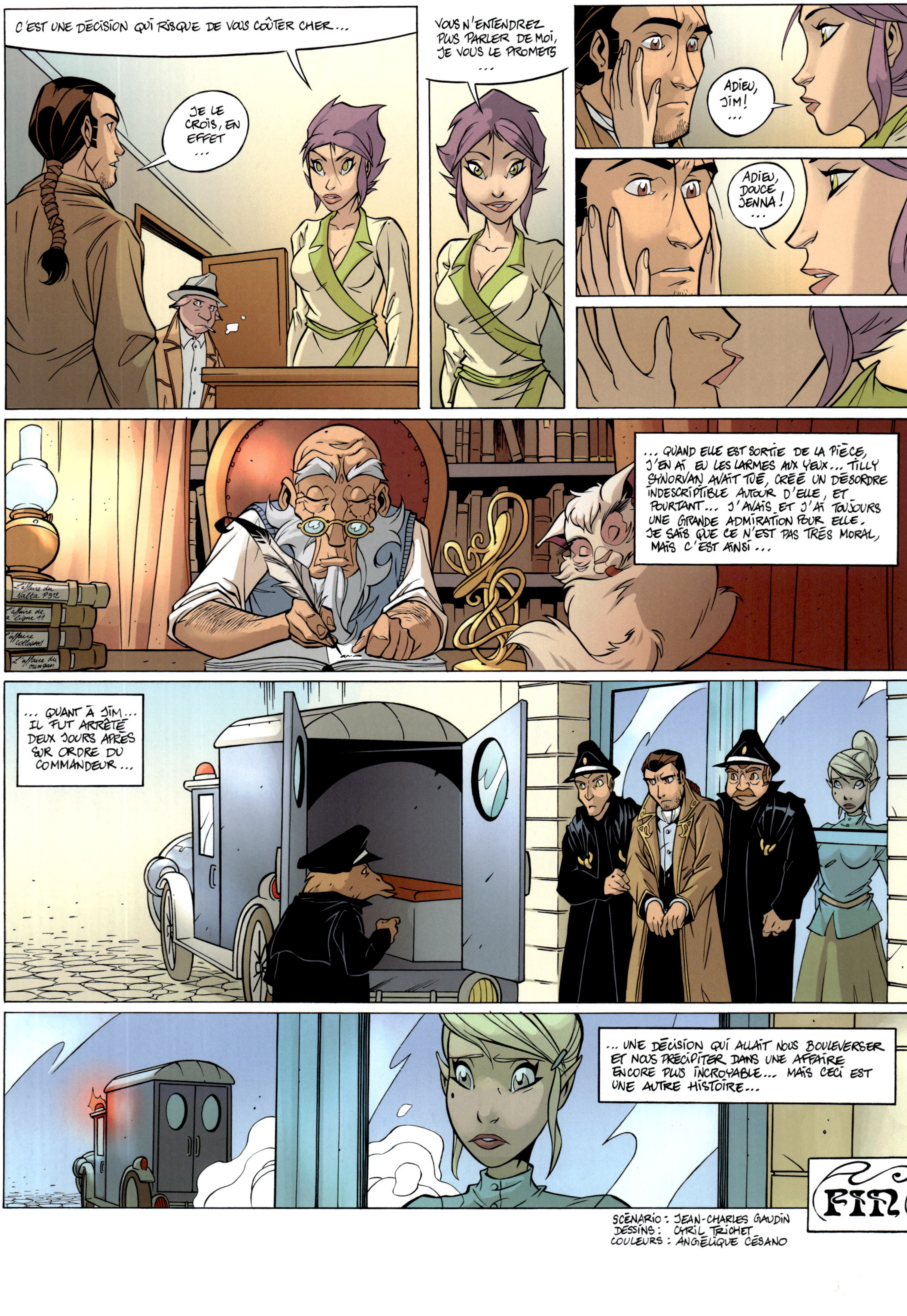

SCÉNARIO : JEAN-CHARLES GAUDIN
DESSINS : CYRIL TRICHET
COULEURS : ANGÉLIQUE CÉSANO